FICHA CATALOGRÁFICA
(Preparada na Editora)

Braga, Selma Regina, 1970-

B79s   *Sublime Colheita* / Selma Regina Braga. Araras, SP, IDE, 1ª edição, 2017.

224 p.

ISBN 978-85-7341-707-4

1. Romance 2. Espiritismo. I. Título.

CDD-869.935
-133.9

Índices para catálogo sistemático:

1. Romance: Século 21: Literatura brasileira 869.935
2. Espiritismo 133.9

Sublime Colheita

ISBN 978-85-7341-707-4

1ª edição - maio/2017

Copyright © 2017,
Instituto de Difusão Espírita - IDE

Conselho Editorial:
Doralice Scanavini Volk
Orson Peter Carrara
Wilson Frungilo Júnior

Coordenação:
Jairo Lorenzeti

Revisão de texto:
Mariana Frungilo Paraluppi

Capa:
César França de Oliveira

Diagramação:
Maria Isabel Estéfano Rissi

INSTITUTO DE DIFUSÃO ESPÍRITA - IDE
Av. Otto Barreto, 1067 - Cx. Postal 110
CEP 13600-970 - Araras/SP - Brasil
Fone (19) 3543-2400
CNPJ 44.220.101/0001-43
Inscrição Estadual 182.010.405.118
www.ideeditora.com.br
editorial@ideeditora.com.br

Todos os direitos reservados. Nenhuma parte desta publicação pode ser reproduzida, armazenada ou transmitida, total ou parcialmente, por quaisquer métodos ou processos, sem autorização do detentor do copyright.

Sublime Colheita

SELMA BRAGA

Espírito GLAUCUS

ide

Sumário

Autobiografia do autor espiritual, 9

1 - Sveva, 21

2 - A infância e a adolescência de Sveva, 27

3 - Dona Consolação, 35

4 - Uma luz no fim do túnel, 40

5 - Alguns meses depois..., 47

6 - Enfim, Marta cede ao Espiritismo, 57

7 - O tratamento de Sveva tem início, 62

8 - O passado longínquo, 67

9 - A tal dama..., 76

10 - Serapione e Filipa, 85

11 - A morte de Madame Zuriv, 96

12 - Século XX, na espiritualidade..., 103

13 - Voltando a Sveva, *108*

14 - Matteo, *113*

15 - A malfadada festa, *117*

16 - Enquanto isso, no Centro Espírita..., *121*

17 - Tentativa de conscientização, *131*

18 - A decisão de Matteo, *139*

19 - O retorno de Matteo, *142*

20 - A luta diária de Olavo contra o álcool, *148*

21 - Rossela, *152*

22 - A formatura de Matteo, *160*

23 - A enfermidade de Olavo, *163*

24 - Na espiritualidade..., *166*

25 - Olavo na espiritualidade, *169*

26 - Sveva e Matteo, *176*

27 - Afonso, *181*

28 - Afonso e Sveva, *185*

29 - O sonho de Sveva, *191*

30 - No Centro Espírita, *199*

31 - Os encontros continuam, *202*

32 - A descoberta de Olavo, *207*

33 - O amor ultrapassando barreiras, *213*

Autobiografia do autor espiritual

Escolhi "Glaucus" porque foi meu nome numa vida pretérita, que muito me marcou e ensinou.

Em minha última encarnação (século XX), fui professor universitário de Língua Portuguesa e Inglesa. Casei-me aos vinte anos porque minha companheira (namorada na época) engravidou, então nada mais natural que eu assumisse a responsabilidade. Estava ainda terminando minha faculdade quando isso aconteceu. Minha família e a dela nos ajudaram financeiramente até que pudéssemos seguir sozinhos. Ela tinha dezessete anos.

Nasci em 1943, na cidade de São Paulo, mas depois nos mudamos para o Rio de Janeiro, pois meu pai resolveu entrar numa sociedade com meus tios, irmãos da minha mãe.

Casei-me em 1963 e desencarnei em 1985, aos quarenta e dois anos de idade, num acidente de carro na Rodovia Presidente Dutra, quando voltava de São Paulo, onde fui ministrar um curso.

Fui espírita e médium atuante por dezessete anos (dos vinte e cinco aos quarenta e dois anos).

Voltando à minha encarnação, nosso filho nasceu lindo e com saúde. Eu já havia percebido que minha esposa tinha bastante tendência para o uso de álcool em nosso tempo de namoro, mas não liguei, porque achei que não era relevante. Depois de nos casarmos, isso não mudou, e ela sempre achava que qualquer ocasião era ideal para beber, mas, mesmo assim, ainda tinha limites e nunca havia dado vexames em público.

O tempo passou, e nossa segunda filha nasceu, linda menina, mas com Síndrome de Down. Minha esposa quase enlouqueceu de revolta, porque, sem querer julgar ninguém, mas apenas constatando fatos, ela era muito bonita e bastante fútil, tendo sido mimada pelos pais e sempre muito crítica com as outras pessoas. Achava-se merecedora de luxo e conforto, afinal, foi o que sempre tivera. Gostava de vestir-se bem e suas conversas com as amigas eram sempre sobre a vida dos outros, sobre moda ou sobre as últimas fofocas.

Diante disso, era inadmissível para ela ter uma filha "defeituosa". O que as amigas iriam dizer?

Escondia a menina quando recebíamos visitas e jamais saía em público com nossa filha. Quando perguntavam sobre a criança (afinal, todos souberam que ela havia dado à luz a uma menina em sua última gestação), ela dava sempre desculpas estapafúrdias que não convenciam ninguém, só a ela mesma.

Eu, por minha vez, embora não externasse minha opinião ou sentimentos (sempre fui muito fechado), também questionava o motivo de aquilo ter acontecido, pois a diferença entre mim e minha esposa era que eu amava minha filha de verdade.

Então, comecei a buscar respostas, primeiro na Medicina, mas, embora as explicações científicas, naturalmente, tivessem sentido e lógica, não me satisfaziam. Eu sentia que tinha de haver um motivo além daqueles dados pela ciência, tão superficiais e físicos. Na Universidade, onde eu trabalhava, tinha amizade com todos, sempre me dei bem com meus colegas de trabalho e um deles, Antenor, era o que mais tinha afinidade comigo e me conhecia há mais tempo, pois começáramos a dar aulas ali praticamente na mesma época.

Então, ele acompanhou toda a trajetória do meu casamento "forçado" e o nascimento dos meus filhos, e eu sempre desabafava com ele. Era ele o único com quem eu sentia confiança para desnudar minha alma e o coração.

Antenor sempre foi estudioso de doutrinas espiritualistas e, naquele exato momento da minha vida, ele estava justamente estudando as obras de Allan Kardec, embora não fosse frequentador de Centros Espíritas, nem ligado a nenhuma religião específica.

Ele me falou sobre o Espiritismo e disse que nesta doutrina talvez eu achasse as respostas que tanto estavam me angustiando e me fazendo infeliz.

Quando ele tocou no assunto (Espiritismo), resolvi contar a ele o que nunca havia contado a ninguém: experiências que aconteciam comigo e que eu não entendia, do tipo "ver coisas", vultos, ouvir vozes do nada, arrepios, sonhos, sensações estranhas, nas quais, quando, por exemplo, eu dormia, ao mesmo tempo me via pairando acima de mim mesmo, vendo meu corpo estirado na cama...

Esse foi o primeiro passo para minhas descobertas relacionadas à Doutrina Espírita. Comecei a estudar, frequentar um Centro e a vida foi seguindo seu curso.

Num determinado *réveillon*, meus filhos viajaram com minha irmã, cunhado e sobrinhos para Minas Gerais. Passariam quinze dias ali, visitando os parentes do meu cunhado. Fiquei no Rio com minha esposa, e comemoramos a data de maneira convencional, junto à nossa família.

Minha irmã sempre dava notícias das crianças e estava tudo bem.

Numa determinada noite, acordei suando frio, tremendo, e com uma sensação de pavor que eu nunca havia sentido antes.

Tive um pesadelo horrendo com cruzes, lápides, terra, enfim... E uma dor no peito que achei que estava enfartando.

Minha esposa nem se mexeu, e fui ao banheiro lavar o rosto. Respirei fundo várias vezes e, de repente, veio, à minha mente, a imagem do meu filho, que estava com a irmãzinha em Minas Gerais. Vi-o sorrindo e acenando para mim, dizendo "tchau" por algum motivo que não compreendi. Ouvi essas palavras dentro da minha mente: "Papai, estarei sempre com vocês. Cuide da mamãe. Em breve, nos encontraremos."

Não tenho palavras para expressar o que senti naquele momento. Para mim, estava claro que era uma despedida e, já tendo estudado a doutrina e começado a trabalhar mediunicamente, tive a triste certeza de que algo muito doloroso estava para acontecer.

Lágrimas começaram a escorrer dos meus olhos e soluços vieram-me à garganta, sufocados.

Voltei para o quarto e só aí me lembrei de orar.

Ajoelhei-me e acho que nunca havia feito uma oração de forma tão sincera, do fundo da minha alma.

Eram sete horas da manhã do dia seguinte,

quando o telefone tocou em casa. Meu cunhado estava estranho, tentando nos dizer algo, mas sem sucesso. Gaguejava, suspirava, enfim... Finalmente, ele contou... Meu filho havia ido nadar num rio perto do sítio dos pais do meu cunhado, junto com os priminhos e crianças da vizinhança, e havia se afogado. Ele tinha dez anos de idade.

Como contar isso para minha esposa? Eu não sabia onde encontraria forças. Ainda mais que ele era o xodó dela. Ignorava nossa filha, mas estava sempre presente na vida do nosso filho. Minha menina havia ficado no sítio, dormindo, quando tudo aconteceu.

Bem, não sei como, mas juntei os cacos de mim mesmo e encarei a dolorosa tarefa.

Minha esposa quase enlouqueceu, chegando ao absurdo de perguntar por que não houvera sido nossa filha a morrer, em vez do amor da vida dela.

A partir daí, minha vida virou de ponta-

-cabeça, pois ela começou a beber todos os dias, sem escolher hora.

Era violenta quando estava alcoolizada, quebrava tudo o que via pela frente.

É claro que eu sabia que ela estava obsediada, mas, por mais que eu tentasse ajudar com vibrações no Centro Espírita, orações em casa e fé em Deus, nada surtia efeito.

Se, até então, ignorava nossa filha, passou a desprezá-la.

Mandei-a para a casa da minha mãe, que, na verdade, foi quem assumiu de vez a criação dela. Fiquei temeroso que minha esposa, num ataque de fúria, machucasse a menina ou coisa pior.

Algum tempo se passou, e ela resolveu se separar de mim, pois não via mais motivo para continuarmos casados, já que o fizemos tão somente por causa do nosso filho que estava a caminho, dez anos atrás.

Se eu disser que sofri com isso, estarei mentindo. Para mim, foi um alívio. Tive que lidar, no decorrer de todos aqueles anos, com conflitos internos, pois, ao mesmo tempo em que me revoltava com a maneira como ela tratava nossa filha, eu me esforçava para ser compreensivo e ver nela uma irmã doente e necessitada da minha compaixão.

Nós nos separamos, e ela, tempos depois, começou a apresentar sintomas de cirrose hepática, além de problemas pulmonares, porque era fumante inveterada. Desencarnou num hospital público e quase foi enterrada como indigente, porque havia saído da casa da mãe havia três dias e não levara documentos. Corria o ano de 1982. Ela fez suas escolhas e arcou com as consequências...

Três anos depois, desencarnei, como já contei.

Minha filha retornou ao plano espiritual dez anos depois de mim e, hoje, é enfermeira, ama cuidar das pessoas, e quem olha para ela, jamais diria que ela teve Síndrome de Down em sua última romagem terrena. É linda, tem luz própria. Sou suspeito para falar, mas ela é assim mesmo (risos).

Minha esposa continua no Umbral, mas estamos em vias de socorrê-la, finalmente.

Meu filho estuda, trabalha, e hoje sabemos que ele tinha somente dez anos para cumprir de vida material em sua última encarnação, por isso retornou tão cedo para cá.

E quem se empenha mais no socorro de minha esposa? Adivinhem: minha filha, aquela que foi tão desprezada por ela, apenas porque tinha limitações mentais e não era bela como uma flor, em sua última encarnação...

É claro que meu filho tem afinidades com aquela que foi sua mãe e também a auxilia e se empenha em ajudá-la, mas o que me toca e traz ensinamentos preciosos para todos nós, como exemplo a ser seguido, é o desprendimento da minha menina.

Segundo a doutrina que estudamos e procuramos seguir, o acaso não existe, e minha filha deixou claro que é devedora daquela que foi sua mãe e a desprezou, desde priscas eras. Ela desencaminhou essa irmã e cabe a ela agora ajudá-la a voltar para o caminho do bem e do amor-próprio.

Quanto a mim, também faço parte dos trabalhos socorristas no Umbral, mas amor de almas verdadeiramente afins ainda não sinto por aquela com quem me casei em minha última experiência terrena. Sinto respeito e gosto dela fraternalmente, como minha irmã necessitada de toda a atenção e carinho.

Vivendo e aprendendo...

Como pode ver, uma vida comum, mas muito instrutiva e esclarecedora para mim mesmo.

Fique com Deus, minha irmã.

GLAUCUS

Capítulo 1

Sveva

São Paulo, século XX...

Sveva era uma mulher de trinta e cinco anos de idade, pele clara, olhos verdes, tristes, cabelos escuros, estatura mediana e sorriso fácil. Todos que conviviam com ela a consideravam uma pessoa humilde, guerreira e de excelente coração.

A compaixão misturava-se aos sentimentos que as pessoas tinham por ela devido a muitos problemas que Sveva enfrentara desde a pré-adolescência.

Aliás, desde que se conhecia por gente, deparava-se com problemas, se não eram de saúde, eram familiares ou financeiros.

Muitos, analisando as experiências de vida de Sveva, admiravam-se de tamanha coragem, tenacidade e força interior.

Ela residia na periferia de São Paulo, era professora de educação infantil e ensino fundamental I e era casada com um homem problemático, de gênio forte, taciturno, que tinha o vício da bebida, chamado Olavo. Tinham um casal de filhos, Matteo, de 15 anos, e Rossela, de 10 anos, que nascera com Síndrome de Down.

Sveva tornara-se espírita na adolescência, devido a problemas emocionais e físicos, que médico algum conseguira diagnosticar e curar. Trocando em miúdos, fora vítima de obsessores ferozes, antigos desafetos de um passado faltoso. Ela encontrou, na Doutrina Espírita, todas as respostas que sempre procurou e passou a amar a casa onde trabalhava.

Aos domingos, ajudava os confrades na distribuição da sopa para as pessoas menos favorecidas e, no decorrer da semana, além de trabalhar mediunicamente nas tarefas de desobsessão como médium psicofônica, fazia o Evangelho para o público e aplicava passes. Nas horas vagas, em casa, confeccionava enxovaizinhos para as mães da comunidade onde morava e havia começado há pouco a ministrar aulas no Centro Espírita, na evangelização infantil.

Fazia tudo isso com amor e dedicação, mas enfrentava, em casa, problemas graves e, se não fosse sua tenacidade e esforço no bem, já teria caído nas malhas da depressão ou coisa pior.

Seu marido Olavo vivia bêbado e dando vexames na vizinhança, por tudo brigava e se encolerizava, mas eram agressões verbais, jamais físicas, contra a esposa.

Sveva, durante as crises do marido, armava-se de paciência e amor e o levava para casa, providenciando-lhe um bom banho, café fresquinho e comida caseira. Nunca se ouviu dos lábios de Sveva uma única palavra de revolta, tristeza ou irritação por causa de tudo o que enfrentava no dia a dia.

Seu filho Matteo estava numa idade bastante difícil e era rebelde desde a infância. Tinha dificuldades sérias para entender e respeitar limites, era teimoso, mas, com a irmã Rossela, era só coração e amor.

Rossela, devido às limitações mentais, naturalmente não havia desenvolvido o intelecto como qualquer criança de sua idade, era amorosa, mas era acometida por crises eventuais de nervosismo e medo. Tinha alguns pesadelos de vez em quando e, nesses dias, passava mal, ficando prostrada até que se recuperasse. Sveva, quando isso acontecia, ministrava passes na filha e ficava ao seu lado até que a crise amenizasse, fazia o Evangelho no Lar todas as semanas, e Rossela frequentava o Centro junto com ela, coisa que ainda não conseguira fazer com Matteo, que se recusava a frequentar a Mocidade da Casa Espírita, convívio esse que seria de grande utilidade para ele, ainda mais tendo a personalidade e os repentes que tinha.

Em tudo e para tudo, Sveva entregava-se à fé e à oração, tanto para pedir forças e coragem quanto para agradecer o dia que tinha acabado ou o que acabava de nascer, agradecia a comida na mesa, seu emprego na escola da comunidade, sua mediunidade, a saúde dos filhos, a existência do companheiro Olavo em sua vida, as provações pelas quais passava, já que compreendia, devido ao estudo da Doutrina Espírita, que o acaso não existe, e que Deus não permite que paguemos por dívidas que não temos, nem nos dá cruz maior e mais pesada do que podemos carregar.

Orava pelos seus verdugos do passado e os agradecia, ou seja, orava pelos obsessores que, devido ao assédio do qual fora pivô no passado recente, haviam acabado por levá-la em direção ao Espiritismo e à descoberta de si mesma como ser humano, pessoa falha que muito havia errado no passado e que apenas estava resgatando todos os males praticados.

Após as pinceladas gerais sobre nossa personagem principal, voltemos um pouco no tempo...

Capítulo 2

A infância e a adolescência de Sveva

SVEVA NASCEU numa madrugada fria do mês de julho, filha de Marta e Aristeo, um casal que já possuía quatro filhos, sendo três homens e uma mulher. Sveva fora a "raspinha de tacho" porque já haviam decidido não ter mais filhos após o nascimento do quarto, então não esperavam mais a vinda de uma criança ao lar.

Marta estava perto dos quarenta e dois anos quando do nascimento de Sveva, e Aristeo, perto dos cinquenta anos de idade.

Viviam com muitas dificuldades porque

Aristeo era aposentado por invalidez e ganhava uma quantia bastante irrisória do Governo. Marta era doméstica e continuava fazendo faxinas, pois, sem a renda extra que ela trazia para casa todos os meses, até comida já estaria faltando no prato dos filhos.

Sveva nasceu bela, rechonchuda, pele rosada, olhos verdes brilhantes e, enquanto era bebê, até seus dez anos de idade, não apresentou nenhum problema digno de nota e que exigisse grandes desvelos ou preocupações por parte dos seus genitores.

A única ressalva eram os pesadelos que, de vez em quando, assaltavam-na, mas seus pais não levaram muito em consideração, afinal, quem não os havia tido ao menos uma vez na vida?

Marta era devota de Nossa Senhora Aparecida e, católica fervorosa, não faltava às missas de domingo, sempre estava ajudando o padre da paróquia da comunidade nos eventos e quermesses que aconteciam todos os anos.

Aristeo era ateu, mas não se incomodava com a fé da esposa, deixando-a livre para seguir a religião que quisesse, afinal, amava-a muito e queria que ela fosse feliz, e já que não tinha condições de lhe dar, e aos filhos, uma vida material melhor e mais próspera, achava por bem que se a religião a fazia sentir-se realizada, que frequentasse então a igreja de que tanto gostava.

Quando Sveva completou dez anos, a vida daquela família deu uma guinada de cento e oitenta graus, e para pior... Marta sentia como se todos os demônios houvessem sido soltos dentro do seu lar.

As noites eram intermináveis porque Sveva não conseguia dormir. Quando começava a ressonar, de repente acordava aos gritos, tremendo, qual folha verde solta ao vento, e dizia, entre soluços e lágrimas, que o fogo a estava queimando, que a fogueira estava acesa, e que todos riam dela com escárnio e desprezo. Dizia ainda que ela sentia o corpo queimar e também o cheiro de carne queimada feria seu olfato.

Descrevia um padre de aparência esquálida, batina negra e rota, dentes proeminentes, como se fosse um vampiro, e unhas em garra. Narrava trazer uma cruz e uma bíblia nas mãos e bramia essa cruz diante do rosto dela, dizendo palavras ofensivas em língua que lhe soava estranha, e que seus olhos eram vermelhos e fundos nas órbitas.

Isso sem contar com os focos de incêndio, que do nada apareciam na casa de Marta, exigindo prontas providências da parte de Aristeo, que era quem ficava em casa o dia todo enquanto Marta saía para trabalhar.

Via-se o terror nos olhos de Sveva a cada pesadelo e crise que lhe advinham, e, somente depois de muito tempo, seus pais conseguiam acalmá-la um pouco, mas, mesmo assim, ela se recusava a voltar a dormir, exigindo que Aristeo ou Marta passassem a noite com ela. Agarrava-se ao pai ou à mãe e só depois conseguia cochilar um pouco.

Em consequência disso, no dia seguinte,

Marta e a própria Sveva sentiam-se esgotadas, cansadas, com o corpo todo dolorido, e as olheiras proeminentes deixavam claro as noites maldormidas.

Sveva também era vítima de períodos de febre que não cediam com remédio algum.

Muitos médicos foram consultados, naturalmente mediante às condições financeiras da família, e nenhum deles conseguia diagnosticar ou curar a menina. Exames e mais exames eram feitos, e nenhum resultado ou causa apontavam para tudo aquilo que estava acontecendo.

Marta sofria como só uma mãe sofre ao ver um filho amado naquele estado de penúria física e emocional.

Aristeo nada expressava em palavras, mas ficava pelos cantos, e, vez ou outra, lágrimas furtivas lhe escapavam dos olhos cansados das vigílias noturnas intermináveis. Ele rapidamente procurava secá-las e se recompor porque, em sua opinião, homem que era homem não podia se dar ao luxo de ficar chorando.

Todas as tentativas foram feitas em detrimento dos problemas de Sveva, padres foram chamados, pastores, benzedeiras, e nada, absolutamente nada, conseguia resolver.

A menina parecia piorar a cada tentativa de socorro, seus pesadelos eram cada vez mais horríveis e penosos. Sentia-se chicoteada, queimada, vilipendiada, agredida nos recônditos mais íntimos de seu ser, cuspida, desprezada... Via mulheres com vestes de outra época em frangalhos e cabelos desgrenhados, gargalhando e apontando o dedo para ela, em tom acusatório, crianças deformadas e sem algumas partes do corpo, como se tivessem sido arrancadas de maneira cruel, ouvia choro, soluços, blasfêmias, palavrões e a frase: "assassina, por que não me deixou nascer? Bruxa, feiticeira, maldita, herege... você pagará, você pagará!"

E o padre, sempre o tal padre, torturando-a, quando não fisicamente, moralmente, com o que proferia.

Via-se em lugares frios, escuros, tenebrosos, rodeada de animais repelentes e venenosos, cavernas, via a cruz, sempre a cruz, pessoas a perseguiam, ela caía e se levantava de um lodo fétido, e o cheiro de carne queimada, sempre o mesmo cheiro.

De repente, o ambiente mudava, e ela via-se manuseando plantas, elaborando poções, matando animais, fazendo oferendas, sacrifícios humanos, manuseando ossos e crânios de cadáveres, que havia desenterrado em algum momento, bebendo sangue ainda quente das entranhas dos animais mortos, pessoas que entravam e saíam de uma sala, vestidas com roupas estranhas, diferentes, de épocas remotas, inúmeras moedas de ouro e joias manchadas de sangue, dentro de um baú antigo. E sempre a mesma língua estranha que ela não compreendia, ou melhor, não compreendia quando acordava e se lembrava dos fatos, mas, no decorrer dos pesadelos, enquanto vivenciava toda a trama horrenda, sabia exatamente o que lhe estava sendo dito e o que ela mesma estava dizendo.

Todo esse sofrimento durou quatro anos seguidos, sem tréguas, para Sveva e seus pais.

Aristeo já vinha apresentando pioras em seu estado de saúde, e o coração não aguentou. Desencarnou, deixando Marta sozinha com toda a problemática em andamento, mas ela não esmoreceu.

Desdobrava-se nas tarefas do lar e nas faxinas que fazia. Sua filha mais velha a ajudava a cuidar de Sveva e do lar, em sua ausência.

Os outros irmãos? Cada um seguiu seu caminho.

Em determinado momento, Deus deu a entender que finalmente havia se lembrado e se apiedado daquela família, pelo menos na opinião de Marta, pois Ele colocou no caminho dela um anjo em forma de gente para auxiliá-los.

Capítulo 3

Dona Consolação

DONA CONSOLAÇÃO havia se mudado há poucos meses para a comunidade onde Marta morava e, sendo uma pessoa muito extrovertida, fazia amizade fácil e, diante disso, não demorou para que fosse informada por outros vizinhos da situação de Marta e Sveva.

Ela tinha por volta de cinquenta anos de idade, espírita há mais de trinta anos, médium de psicofonia e clariaudiente, era viúva, tinha duas filhas casadas, de bem com a vida e com seus semelhantes. Procurava sempre auxiliar as pessoas através de sua fé e convicção religiosa.

Não demorou muito e resolveu visitar Marta, apresentando-se como a nova vizinha e se colocando à disposição para ajudar no que fosse necessário.

Ao entrar no quarto onde Sveva estava prostrada no leito, após uma crise violenta naquela madrugada, sentiu arrepios na nuca e começou a divisar, pela vidência, o ambiente que a cercava.

Vultos negros rodeavam a pré-adolescente, uma energia pesada pairava no ar, gargalhadas eram ouvidas aqui e ali, mãos em garras surgiam no ar, dirigindo-se ao pescoço de Sveva, e, toda vez que isso acontecia, a menina sentia falta de ar e um princípio de desfalecimento.

Chicotes cortavam o ar em direção a Sveva, e a menina estremecia a cada chicotada, deixando-a pálida, e os lábios com um ricto de dor e sofrimento.

De repente, dois desencarnados começaram a aparecer mais claramente diante da vidência de D. Consolação, e ela viu um padre com uma batina negra e rota, segurando uma cruz em uma das mãos, olhos vermelhos e fora de órbita, dentes incisivos afiados e sobressaindo da boca, parecendo um verdadeiro vampiro no momento do ataque.

O outro Espírito era uma mulher de cabelos desgrenhados, roupas antigas e também esfarrapadas, a gargalhar enlouquecidamente, e apontava para Sveva, comprazendo-se de toda aquela cena de horror. Ouvia-se uma verdadeira turba falando ao mesmo tempo em todos os ambientes da casa, proferindo palavras de baixo calão, soluços e gemidos.

D. Consolação se chocou, mas conseguiu se controlar quando viu répteis se arrastando pelo quarto, as paredes recobertas por uma gosma escura, esverdeada e fétida, que escorria.

Começou a orar com todas as forças do seu coração, tomada pela compaixão.

Ela percebeu que, devido à oração, as duas entidades infelizes começaram a se sentir um tanto incomodadas, sem entenderem o motivo do incômodo, e recuaram um pouco para o canto da parede, afastando-se de Sveva, olhando para todos os lados, tentando detectar o que, afinal, havia de estranho ali.

Aproveitou-se do afastamento das duas entidades e aproximou-se de Sveva para verificar se, através da vidência, conseguiria perceber mais detalhes daquele caso.

Concentrou-se mais ainda, elevou o pensamento a Deus e a Jesus, pedindo o auxílio dos bons Espíritos para que lhe guiassem a vidência para um estudo mais apurado da situação.

Viu, condoída, como que larvas e bichinhos microscópicos percorrendo o interior do organismo de Sveva, fios tenuíssimos emaranhando-se em todos os chacras da menina, e, analisando bem, esses fios tinham origem na mente daquelas duas entidades enceguecidas pelo ódio e pela vingança. Viu uma energia escura e de odor nauseante pairando no alto da cabeça de Sveva, parecendo um polvo com seus tentáculos ameaçadores.

Nisso, a entidade vestida de padre teve um sobressalto e aproximou-se rapidamente de Sveva, postando as mãos em garras sobre o chacra coronário dela e começando a dizer algumas palavras que D. Consolação não conseguiu entender.

Imediatamente, Sveva começou a gemer e se contorcer como se estivesse sentindo dores atrozes, até soltar um grito lancinante:

– Fogo! Estou queimando! Ajudem-me!

E desfaleceu.

Todos acorreram, e Marta abraçou Sveva, chorando sentidamente.

Capítulo 4

Uma luz no fim do túnel

APÓS O EPISÓDIO lamentável narrado no capítulo anterior, Sveva passava o tempo mais sedada do que consciente.

D. Consolação, mais do que depressa, começou a frequentar a casa de Marta e tentava, de todas as formas, falar sobre o Centro Espírita no qual trabalhava há mais de trinta anos, chamado Luz e Esperança, e também começou a introduzir a Doutrina Espírita naquele lar.

Muita resistência ela encontrou da parte de Marta, mas não desistiu.

Sempre orava por Sveva, pela família e pelos obsessores e continuou insistindo no Espiritismo como um caminho racional para reequilibrar toda a situação.

Seis meses se passaram sem que D. Consolação esmorecesse, e ela foi percebendo que Marta estava mais acessível em relação ao assunto.

Marta começara a ler timidamente uma das obras que D. Consolação havia lhe dado, chamada *O Livro dos Espíritos,* e seu despertamento para aquelas verdades imutáveis estava se iniciando.

Lia uma página por dia e se aproveitava da presença diária da amiga e vizinha em sua casa para desfazer dúvidas a cada leitura. Seu entendimento era lento, pois havia estudado somente até a quarta série primária e não dominava muito bem a escrita e a leitura, mas uma semente estava ali sendo plantada e, no que dependesse de D. Consolação, ela seria regada e cultivada até que crescesse e florescesse.

As crises de Sveva prosseguiam, e Marta aprendera a chamar D. Consolação a cada crise, pois já havia reparado que a presença da amiga perto da filha, nestes momentos terrificantes, acabava por amenizar um pouco o estado deplorável da menina. Marta aprendeu a orar e acompanhava a amiga nas orações em prol de Sveva.

Marta também percebeu que D. Consolação impunha as mãos sobre a cabeça dela como se a benzesse a cada crise.

– Consolação, o que vem a ser essa imposição de mãos da qual você faz uso toda vez que Sveva tem uma crise? – perguntou Marta, curiosa e intrigada.

– Minha amiga, o nome é passe. É como se eu, através da imposição de mãos, transfundisse energias salutares para o organismo físico e espiritual de nossa menina, e essas energias auxiliassem a que ela se reequilibrasse um pouco após as crises. Existe toda uma equipe médica espiritual cuidando do caso de Sveva, Marta. Você deveria aceitar em definitivo a ideia de que Sveva deve ir ao Centro Espírita e passar por um tratamento melhor preparado e organizado para o caso dela especificamente – explicou Consolação, em mais uma tentativa de convencer a amiga.

– Ainda não decidi se esse é mesmo o melhor caminho, Consolação, embora esteja a cada dia me convencendo de que é... Vejo as melhoras, apesar de pequenas, a cada vez que você faz suas orações e dá seus passes em minha filha... Mas não sei... Sou católica praticante e sinto como se fosse trair minha crença, caso aceite sua sugestão... – desculpou-se Marta, um tanto constrangida.

– Minha querida, jamais trairia sua crença aceitando o tratamento espiritual de Sveva. Deus é um só e o amor e o bem também. Pense em sua filha e não em dogmas e aparências

– retrucou Consolação, afagando o ombro de Marta, com compreensão.

– Dê-me mais um tempo, amiga. Prometo que repensarei com carinho sobre minhas opiniões arraigadas – prometeu Marta, sorrindo.

Consolação aquiesceu e despediu-se de Marta com um abraço, pois tinha tarefas no Centro Espírita naquela noite e não poderia se atrasar.

Havia aprendido, como médium, que deveria ser responsável, estudiosa, pontual e dedicada ao labor espiritual de todas as semanas, pois seus confrades, e também a equipe espiritual responsável pela casa, contavam com ela para levarem a bom termo os trabalhos e o auxílio aos mais necessitados do corpo e da alma.

Às vinte horas, pontualmente, Consolação chegou à casa espírita e foi recebida por Alberto, o orientador que entrevistava as pessoas que lá chegavam com os problemas dos mais diversificados e de toda ordem.

– Boa noite, irmã querida! Como está aquele caso da menina Sveva? Progredindo?

– Boa noite, amigo. Eu diria que, em doses homeopáticas, sim, está progredindo. Marta está mais maleável quando o assunto é Espiritismo, e tenho certeza de que, com a ajuda de Jesus e dos nossos amigos espirituais, em breve conseguirei trazê-las aqui – respondeu Consolação, verdadeiramente esperançosa.

– Se Deus quiser, minha irmã, e Ele quer – disse Alberto, dando um tapinha fraterno nas costas de Consolação e dirigindo-se à sala ao lado para a devida preparação de abertura dos trabalhos da noite, junto aos outros trabalhadores da casa.

O capítulo do *O Evangelho Segundo o Espiritismo* daquela noite, a ser explanado, era o de número XIX, cujo título é "A fé transporta montanhas".

Consolação fez a leitura do capítulo e passou a discorrer sobre o assunto.

Percebia, pela vidência, a assistência e o trabalho sério da equipe espiritual em relação a todas as pessoas encarnadas e desencarnadas que ali se encontravam, em busca de paz, equilíbrio e restauração da saúde física e emocional.

Macas foram trazidas pela equipe médica espiritual responsável pela casa, equipe que também se utilizava de aparelhos que não eram conhecidos pelos encarnados na Terra, tudo em prol e auxílio dos enfermos que ali acorriam.

Após a fluidoterapia, cada um dos frequentadores e trabalhadores despediu-se fraternalmente e seguiu para seus lares com a nítida sensação do dever cumprido e do socorro efetivamente recebido por cada uma daquelas pessoas desesperadas.

Capítulo 5

Alguns meses depois...

MARTA OUVIU a campainha e, enxugando as mãos no avental surrado, foi atender. Era Consolação, trazendo uma compota de doce de abóbora com coco para a amiga tão querida.

– Como vai, minha querida? – perguntou, abraçando Marta com todo carinho.

– Vamos indo... mal e mal, como bem sabe... – respondeu Marta, com um suspiro de desalento.

– Tem lido mais sobre a Doutrina? – quis saber Consolação.

– Sim, e inclusive tenho algumas dúvidas que gostaria que me explicasse – respondeu Marta, levando a amiga pelo braço até a cozinha, onde havia acabado de passar um café fresquinho e assado umas broas de milho para o lanche da tarde.

– Não entendi quando Kardec fala sobre os Espíritos que nos odeiam e ficam nos perturbando... – começou Marta, dando espaço para Consolação esclarecê-la.

– O nome desse processo de perturbação espiritual é OBSESSÃO. Ela existe em três graus, segundo Kardec: obsessão simples, fascinação e subjugação, que é o caso mais grave de todos. A obsessão nada mais é que o assédio infeliz de um ser desencarnado a quem magoamos, prejudicamos ou ferimos em existências pretéritas e que não aprendeu ainda o valor do PERDÃO E DO AMOR. Então, por motivos de vingança, encontram-nos onde estivermos e passam a nos obsediar, interferindo em nossas vidas de maneira desastrosa e cada vez mais acintosamente. Mas, ao contrário do que podemos pensar, a obsessão não se dá apenas entre desencarnados e encarnados. Ela pode vir a acontecer da parte de desencarnados em relação a outros desencarnados e também de encarnados para desencarnados. Por exemplo, quando um ente querido retorna ao plano espiritual, através da morte física, e não conseguimos nos conformar com essa partida, passamos a enviar a esse ente querido pensamentos e energias de angustiosa saudade, dependência emocional ou mesmo de ódio, dependendo de como era nosso relacionamento com ele em nossa vida material. Isso é um tipo de obsessão do encarnado para com o desencarnado, e outro exemplo é quando pessoas que foram inimigas, enquanto encarnadas, quando desencarnam, continuam a digladiar-se no plano espiritual, fazendo o papel de verdugo e vítima alternadamente, com perseguições, torturas morais ou mesmo físicas, porque, como já lhe expliquei anteriormente, somos revestidos de corpo físico, perispírito e Espírito, e, quando morremos fisicamente, nosso corpo perispiritual também é feito de matéria, mas de uma matéria mais quintessenciada, mais sutil, o que faz com que sintamos todas as sensações e emoções que nos acompanharam na vida material, também na vida espiritual. Então, normalmente, aqueles desencarnados menos esclarecidos, que ainda não compreenderam seu estado de espírito eterno, podem sentir frio, fome, dor, sono, raiva, alegria, sofrimento...

Nós em nada mudamos pelo simples fato de termos desencarnado, continuamos os mesmos, com todos os nossos defeitos, qualidades, afetos e desafetos – explicou Consolação.

– Mas, se tínhamos outro corpo físico em outras vidas e hoje temos ainda outro, diferente dos anteriores, como esses inimigos nos encontram, sendo que eles estão desencarnados, e nós, encarnados? – indagou Marta, interessada.

– Tudo é questão de energia e sintonia.

Somos um livro aberto para os desencarnados, tanto para os infelizes quanto para os superiores, já evoluídos. Esses inimigos ficam obcecados pela ideia de vingança e pelo ódio que nutrem por nós e direcionam todas as suas forças, energias e pensamentos na busca pelos seus desafetos. Por uma questão de sintonia, e também por causa da Lei de Ação e Reação, acabam nos achando e passam a urdir planos macabros para nos infelicitar, utilizando-se de nossos defeitos e falhas morais e atingindo também aos que amamos. Por isso, Jesus sempre dizia: "ORAI E VIGIAI", cuidem de seus pensamentos, atos e palavras, porque tudo na natureza é energia, e a lei de causa e efeito é um fato inquestionável, comprovado a cada minuto de nossas vidas na Terra e no espaço. Procurem se tornar pessoas cada vez melhores, burilando o diamante bruto que todos nós representamos diante de Deus, nosso Pai de amor, justiça e bondade. Estas as palavras e recomendações de nossos amigos espirituais que muito nos amam e que nos veem como seus filhos, ainda engatinhando na senda evolutiva – disse Consolação, sendo devidamente inspirada pela Espiritualidade, em suas palavras de esclarecimento a Marta.

– Puxa, que lindo, amiga – emocionou-se Marta, com os olhos marejados.

– A Espiritualidade é bela, Marta. A vida é maravilhosa, e, se sofremos, é porque erramos muito no passado ou mesmo nesta vida atual, e o sofrimento e a dor nada mais são do que o buril que existe para nos lapidar e fazer surgir, a cada dia, uma luz mais brilhante e diamantífera em nós mesmos, sendo espargida ao nosso redor, com maior intensidade, a cada degrau que subimos em nossa escala evolutiva – prosseguiu Consolação, realmente enlevada pelo assunto.

– Mas como o Espiritismo consegue ajudar quem está sendo perseguido por desencarnados, inimigos de outras vidas? – inquiriu Marta, voltando às perguntas.

– A pessoa que está sendo obsediada deve ir ao Centro Espírita e passar por uma entrevista, na qual o orientador conversará com ela para verificar e analisar o grau do problema que existe ali. Após e dependendo do caso, os dados coletados na entrevista serão encaminhados para um trabalho de desobsessão realizado pelos médiuns da casa. O indivíduo também será convidado a frequentar o Centro, ouvir as explanações evangélicas, tomar o passe, fazer o Evangelho no Lar todas as semanas, no mesmo dia e horário, e principalmente: MUDAR SUA MANEIRA DE ENCARAR A VIDA, OS DESAFIOS DIÁRIOS, OS PROBLEMAS E COMEÇAR A SE ESFORÇAR DEVIDAMENTE PARA TORNAR-SE UMA PESSOA CADA VEZ MELHOR, MORALMENTE FALANDO. Havendo o esforço necessário por parte de cada um de nós, o próprio obsessor perceberá as mudanças ali manifestadas em relação ao seu desafeto e acabará perdoando-o ou se afastando, porque, se a pessoa se esforça para melhorar, consequentemente, vai aumentando seu padrão vibratório e perdendo a sintonia com o obsessor, fazendo com que ele não possa mais atingi-la, mesmo que tente de todas as formas, entendeu, Marta?

– E como podemos nos tornar pessoas melhores, moralmente falando? – continuou perguntando Marta.

– Cultivando a paciência, a tolerância, aceitando as pessoas que pensam diferente de nós, praticando a caridade material e também a moral, que seria saber ouvir o outro e ajudar sempre que possível, dando do nosso melhor, sendo humilde, benevolente com os defeitos alheios, não se apegando tanto a bens materiais, não pré-julgando as pessoas devido ao que falam ou à maneira que agem comumente, perdoando com sinceridade e de coração quando as pessoas falham conosco ou nos magoam de alguma forma, enfim, existem inúmeras maneiras de nos melhorarmos interiormente, basta para isso que realmente desejemos fazê-lo – explicou Consolação.

– Nossa, isso é maravilhoso, mas... dá um trabalhão, né? – brincou Marta, mas profundamente tocada por tudo o que Consolação havia dito.

– Realmente dá, amiga. Mas impossível não é. Jesus mesmo dizia que poderíamos ser iguais ou melhores do que Ele, bastando para isso que seguíssemos Seus ensinamentos – afirmou Consolação, sorridente.

– E... Você acha que minha Sveva está sendo perseguida? – perguntou Marta, com medo.

– Tenho certeza disso, Marta, e a situação dela é o terceiro, ou seja, o tipo mais grave de obsessão de que já lhe falei anteriormente, a subjugação. Agora, posso lhe contar alguma coisa do que vi através de minha vidência, quando aqui estive em minha primeira visita, há alguns meses – anunciou Consolação.

Consolação passou a discorrer sobre o padre desencarnado, omitindo as partes mais chocantes do que presenciou e a gosma escura, esverdeada e pestilenta que encobria as paredes da casa de Marta. Achou melhor parar por aí, porque Marta estava, somente aos poucos, aceitando o Espiritismo, então, nem tudo deveria ou precisaria ser revelado.

Durante todos esses meses em que Consolação tentava iniciar Marta na Doutrina, jamais havia deixado de fazer orações para aquela família e de colocar os nomes dos integrantes na caixinha de vibrações, igual àquela que existe em todos os Centros Espíritas, portanto, embora a Espiritualidade ainda não tivesse agido mais direta e intensamente no caso de Sveva, já estava auxiliando dentro das possibilidades permitidas pela Lei de Causa e Efeito, pelo merecimento de todos os envolvidos na trama, encarnados e desencarnados, e sempre respeitando o livre-arbítrio de Marta.

Capítulo 6

Enfim, Marta cede ao Espiritismo

MARTA JÁ HAVIA decidido. Iria ao Centro Espírita com Consolação, pelo menos para ver como as coisas funcionavam ali, na prática. Se achasse realmente bom, quem sabe poderia até levar Sveva em outra ocasião, afinal, por tudo o que já tinha acontecido, não havia outra saída para a situação, pois tudo havia sido tentado, e em vão.

Marta estava em seu limite físico e emocional, não tendo mais para onde correr. Daria a mão à palmatória e encararia o Espiritismo, que Deus a ajudasse!

O dia da sua primeira visita ao Centro chegou, e Marta acompanhou Consolação. Estava entre esperançosa e temerosa, porque nem fazia ideia do que encontraria pela frente.

Chegando lá, as surpresas não paravam de acontecer.

O Centro era uma casa aconchegante numa rua arborizada.

Os que chegavam eram recebidos entre sorrisos e palavras fraternas.

Várias salas havia ali, e, numa delas diversas cadeiras estavam dispostas para que o público ficasse confortável e ouvisse as explanações evangélicas.

Quem recebeu Marta foi Alberto, o orientador da casa, responsável pelas entrevistas.

– Boa noite, Marta. Seja bem-vinda à nossa modesta casa de caridade e oração – cumprimentou Alberto, estendendo-lhe a mão.

– Obrigada – respondeu Marta, acanhada.

– Por favor, vamos até aquela sala à direita. Lá poderemos conversar, e você me contará o que a aflige – convidou Alberto, pegando Marta pelo braço, de maneira bondosa.

Entre soluços e lágrimas, Marta narrou para Alberto toda a estrada de espinhos que havia percorrido até ali, por causa de Sveva.

Ela, literalmente, lavou a alma!

Após finalizar a narração, sentiu-se leve e calma, como há muito não se sentia.

Alberto já sabia do caso de Sveva, através de Consolação, mas realmente condoeu-se ainda mais com as palavras daquela mãe.

Ele fez uma sentida oração mental, pedindo, aos benfeitores espirituais, inspiração e clareza para que pudesse ajudar aquelas irmãs de caminhada da maneira correta.

Recomendou que Marta viesse toda semana para ouvir o Evangelho e tomar passes, que a fortaleceriam diante da jornada penosa que ainda teria pela frente e que deveria começar a fazer o Evangelho no Lar todas as semanas, no mesmo dia e hora. Acrescentou que ela deveria trazer Sveva o quanto antes para um tratamento com passes, que, dependendo, poderia ter duração bastante longa. Não prometeu a cura, porque isso somente a Deus caberia, mas deixou claro que o tratamento espiritual ao menos amenizaria, em muito, a situação de Sveva, sem prescindir naturalmente da Medicina dos homens e dos medicamentos dos quais a menina fazia uso havia tempos.

Marta saiu da entrevista eternamente agradecida a Alberto, sentindo-se revigorada. O caso é que, mesmo sem saber, Sveva já havia sido iniciada no tratamento por dois mentores ali presentes na sala, que passaram todo o tempo da entrevista enviando a ela eflúvios de paz e reequilibrando-lhe os chacras.

Marta ouviu o Evangelho da noite, cujo tema era o Capítulo XII, *Amai os vossos inimi-*

gos, tomou o passe e aguardou que Consolação se desvencilhasse dos seus afazeres como médium para que pudessem voltar ao lar.

Consolação ficou muito feliz com a boa impressão que o Centro Espírita havia causado em Marta e sua disposição de auxiliar a amiga mais ainda se fortaleceu.

Capítulo 7

O tratamento de Sveva tem início

A PARTIR DAQUELE dia, Marta passou a levar Sveva ao Centro Espírita. Ela pediu para um vizinho que tinha carro que as levasse e buscasse, porque Sveva mal se mantinha em pé, que diria encarar ônibus lotado?

Sveva tinha, então, treze anos de idade, quase quatorze.

Nos três primeiros meses de tratamento, ela chegava à porta do Centro Espírita e começava a se agitar, debatia-se, dizendo que não queria entrar ali, saía correndo pelos arredores, fugindo por diversas vezes. Uma só pessoa não a conseguia conter.

Nessas crises, ela começava a dizer palavras em outra língua, que todos descobriram, então, ser o italiano.

Mas ninguém esmoreceu, entretanto.

Marta teve de lidar com muitos impedimentos para que pudesse seguir à risca o tratamento de Sveva.

Quando não era o pneu do carro do vizinho que furava, eram problemas mecânicos que surgiam do nada, ou a esposa do vizinho que brigava, criando problemas pelo fato de ele levar e buscar Marta e Sveva, ou os filhos dele que aprontavam, problemas na firma onde ele trabalhava, quase o atrasando por diversas vezes para o compromisso semanal assumido com as vizinhas...

Mas a fé e a resolução firme de Marta eram maiores... Ela era MÃE!

Muito imperceptivelmente, Sveva começou a apresentar melhoras.

Já conseguia dormir por maior número de horas e havia aprendido que, quando sentisse uma crise se aproximar, deveria elevar seu pensamento a Jesus e ao Dr. Bezerra de Menezes, por exemplo, pedindo a intervenção deles a seu favor, sempre com fé e humildade.

Quando recorria à oração, como lhe havia sido recomendado no Centro, passados alguns minutos Sveva se acalmava até conciliar o sono novamente. Já conseguia frequentar as aulas da escola, mesmo que atrasada em seu desenvolvimento intelectual, e tinha o sonho de ser professora, pois amava crianças e amava ensinar.

As crises de Sveva se espaçaram com o tempo, mas a cura total... não veio.

Ela tinha uma vida quase normal para uma adolescente de sua idade, fez amizades e até já flertava com os meninos da escola, mas sem malícia.

Três anos depois, passou a frequentar a Mocidade Espírita do Centro, revendo opiniões e valores, e também fazia o Evangelho no Lar semanalmente, com alegria e sinceridade, eternamente agradecida por Deus ter-lhe apresentado aquele caminho de revitalização interior e de soerguimento moral.

Tinha crises eventuais, mas, se comparasse com as de três anos antes... Não tinha comparação de fato.

Marta tornou-se frequentadora assídua do Centro Espírita e passou a ajudar Consolação, aos domingos, na distribuição da sopa. Sempre participava de eventos para angariar fundos para os trabalhos assistenciais da casa e ajudava também na faxina, sempre que precisavam. Mediunidade nela não se manifestou, mas, com certeza, um novo horizonte se lhe abriu em todos os sentidos da vida.

Os leitores devem estar se perguntando... Qual o motivo das crises de Sveva? Quem eram o padre e a mulher que a perseguiam, entre tantos outros Espíritos? Por que ela tinha pesadelos com fogo, fogueira? O que a língua italiana teria a ver com tudo isso?

Vamos por partes...

Capítulo 8

O passado longínquo

ITÁLIA, século XV...

Raios e trovões cortavam ensurdecedores aquela noite de verão.

Uma luz bruxuleante iluminava a sala onde se encontrava Madame Zuriv. Ela estava concentrada, evocando seus demônios...

Sim... Ela era feiticeira, mexia com o lado negro da magia a troco de muitas e muitas moedas de ouro e joias.

Não hesitava diante de nenhum obstáculo, fosse material e muito menos moral.

A moral inexistia ali naquele ser a quem Deus outorgara dons mediúnicos desde tenra idade e que, se usados para o bem, com caridade e com amor, muito poderia ter auxiliado a todas as pessoas que a procuravam. Deus era tão magnânimo que dera a ela pais amorosos e sábios, nos poderes das plantas e das ervas, conhecimento este que haviam passado à filha com todo respeito e consideração que a Natureza lhes merecia. Ambos pereceram devido a uma epidemia que se alastrou na localidade onde moravam, havia dez anos.

Madame Zuriv, que, na verdade, chamava-se Annabella, havia escolhido esse nome, Madame Zuriv, no sentido profissional apenas. Ela tinha por volta de vinte e seis anos de idade, era morena, olhos e cabelos escuros, magra, de estatura baixa e seu olhar provocava calafrios aos que a observavam pela primeira vez. Via-se ali uma frieza e uma forma calculista de agir, que realmente impressionava aos desavisados e desconhecedores dos recônditos da alma humana, que podia descer tão baixo em algumas situações, que até o réptil mais asqueroso e venenoso perdia na comparação.

Excetuando-se os conhecimentos sobre ervas, plantas e seus poderes, que poderiam tanto curar quanto matar, madame Zuriv também tinha o dom da vidência e um forte magnetismo que, se usado em curas, muitas vidas poderia salvar. Conhecera sua mestra das trevas em determinada época de sua vida e procurara aprender com ela tudo o que podia sobre a arte da magia. Mas ajudar as pessoas através da magia não a interessava. Ela era órfã de pai e mãe e precisava sobreviver naquele mundo dominado pelos homens, pelo poder, pela Igreja, pela ganância e pelo ouro. Então, nada mais natural do que aprender tudo o que podia e usar seus conhecimentos para adquirir projeção e destaque naquela sociedade podre e mesquinha.

E o ouro? O ouro a fascinava juntamente com as pedras preciosas, sonhava em vestir-se como as damas da sociedade da época, que se cobriam de joias e eram respeitadas e reverenciadas por todos.

Madame Zuriv estava ali trabalhando numa "encomenda" que renderia a ela mais ouro, encomenda esta feita por uma dama da sociedade. Aliás, suas clientes eram todas de famílias tradicionais e ricas, portanto, as moedas de ouro jamais parariam de enxamear seus baús, segundo ela acreditava.

Seus artefatos de trabalho eram tenebrosos e nojentos. Ela se utilizava de sangue de animais, ossos humanos, inclusive crânios, animais vivos, de pequeno porte, órgãos de outros animais que sacrificava, dependendo da encomenda que lhe fizessem, pedras, cristais, caldeirões, velas, poções e beberagens das mais estranhas.

Outra "atividade" dela era com os abortos que fazia sem nenhuma sensação de culpa, afinal, achava que a vida era para ser vivida com intensidade e prazer, e que, se as mulheres, suas clientes, não desejavam filhos, nada mais natural do que ajudá-las a se livrarem dos fetos indesejáveis. Em geral, suas clientes eram mulheres casadas que engravidavam dos amantes ou mulheres envolvidas com homens casados e que, em nenhuma hipótese, queriam saber de filhos para trazerem a vergonha às suas famílias, tão importantes. Algumas se envolviam com sacerdotes da Igreja, situação esta que, para ela, justificava os abortos criminosos praticados.

E o fato de algumas de suas clientes terem morrido após sua "intervenção" também não lhe trazia o mínimo remorso.

Perdida em seu orgulho e soberba, nem ouviu as batidas frenéticas na porta.

As batidas se repetiram, e, aí sim, Madame Zuriv saiu de seus devaneios nefastos, aprumando-se apara receber o visitante, fosse quem fosse.

– Quem é? – perguntou ela.

– Um cliente... – respondeu uma voz masculina abafada pelo barulho dos trovões que ribombavam no céu.

Homens também a procuravam quando queriam se livrar de esposas ou amantes que não mais lhes serviam aos propósitos, ou mesmo quando queriam se livrar de inimigos, então a visita não a surpreendeu.

Abriu a porta e afastou-se para que o tal homem pudesse entrar.

– És a Madame Zuriv? – perguntou o homem, com um manto negro encharcado, e encapuzado, sem tirar o capuz.

Ela assentiu e o convidou a sentar-se.

– Desejo um "serviço"... – esclareceu o tal homem.

– Explique-me exatamente o que deseja, cavalheiro – disse Madame Zuriv.

– Estou com um problema com determinada dama e desejo livrar-me dela. O caso é que ela é uma pessoa de destaque, muito rica, e tem muitos contatos importantes, principalmente dentro da Igreja – começou o homem.

– Continue... – incentivou Madame Zuriv, já enfadada da história que nem bem havia começado ainda a ouvir.

– Bem, ela me desprezou depois de termos sido amantes por longo período e, como se não bastasse, fez intrigas contra mim para o meu superior, dentro da Igreja, impedindo-me, por isso, de alçar novos e melhores cargos ali – prosseguiu o homem, com a voz e mãos trêmulas, de um ódio mal represado e incontido.

– Não prefere tirar o capuz? – perguntou Madame Zuriv, curiosa com a figura à sua frente.

– De forma alguma! Meus superiores colocam espiões seguindo a todos nós por toda parte. Estamos em plena época de Inquisição, então, todo cuidado é pouco – afirmou ele, apressadamente.

– Qual seu nome, pelo menos? – inquiriu Madame Zuriv, já impaciente.

– Pode me chamar de Serapione – respondeu ele.

– E o que de fato deseja de mim, Serapione? – insistiu ela.

– Quero que ela morra!!! – bramiu Serapione, fechando o punho e esmurrando o ar.

– Isso sairá bem caro. Tem joias e ouro para me pagar? Qual o nome da dama em questão? – perguntou Madame Zuriv.

Serapione disse o nome, e Madame Zuriv se surpreendeu quando ouviu.

A tal dama também era sua cliente, e realmente tudo que dissera Serapione sobre ela era verdade, inclusive o que ele não mencionou, pois ela sabia que a tal dama era filha de um sacerdote muito importante da Igreja, filiação esta que, naturalmente, o sacerdote não reconhecia em público, mas, até onde ela sabia ele protegia a filha e a amava muito.

Madame Zuriv se levantou, andou pela sala toda, como se estivesse concatenando ideias, e pediu a Serapione que voltasse dali a uma semana com todo o ouro e as joias que ela desejava para fazer o "serviço" e também com algo pertencente à tal dama, tal como fios de cabelo ou roupas íntimas.

Serapione aquiesceu, porque fora amante da dama em questão e, portanto, tinha acesso ao que Madame Zuriv estava pedindo.

Despediu-se e sumiu na escuridão, embrenhando-se pelos becos.

Capítulo 9

A tal dama...

Vamos chamá-la de Filipa, ignorando seus títulos de nobreza.

Filipa morava num palacete suntuoso e fora criada por um casal extremamente abastado, mas sabia não ser filha biológica do referido casal e que seu pai verdadeiro era o Bispo Gualtiero, alto dignatário do Clero, homem bastante interesseiro, poderoso e vingativo quando lhe convinha. Estava atualmente empenhado na Inquisição e não deixava nada passar, seus inimigos tremiam, pois, num estalar de dedos, ele poderia enviar qualquer um que desejasse para a tão malfadada fogueira. Se fosse só isso, menos mal, porém, antes de deixar suas vítimas e inimigos queimarem vivos, fazia sessões de tortura com requintes de crueldade, e era inimaginável correr o risco de cair nas garras dele.

Como pai, era atencioso e protetor, e deixara claro a Filipa que, em qualquer situação, ela poderia contar com ele, naturalmente que com toda a discrição e resguardo.

Por razões óbvias, jamais ela teria sua filiação reconhecida, sendo, portanto, uma bastarda, e ressentia-se disso.

Filipa era carismática, porém, falsa, fria e manipuladora.

Casou-se cedo por contingência dos costumes da época, mas tinha inúmeros amantes e mal via seu esposo no dia a dia. Beirava os vinte e seis anos, era alta, esbelta, pele amorenada, olhos e cabelos castanho-escuros. Não se poderia dizer que era bela, mas suas ricas vestes e suas joias a colocavam em posição de destaque onde quer que chegasse ou se apresentasse.

Filhos? Nem pensar!

Abortara os quatro que tentaram nascer, e quem lhe fizera os abortos criminosos fora, em verdade, Madame Zuriv.

Filipa estava agitada naquela noite, não gostava de tempestades, e sua saúde não andava muito boa.

Problemas ginecológicos, que, em verdade, nem deveriam, na época, ser chamados desta forma, incomodavam-na, sobremaneira, já fazia alguns meses.

Isso estava causando transtornos porque, além das dores fortes no baixo ventre, seu atual amante não estava mais apreciando a sua presença, já que Filipa exalava cheiro forte e desagradável em suas partes íntimas, coisa que o estava afastando cada vez mais.

Quanto ao marido, não se preocupava, pois ela mal o via, e, portanto, dificilmente teriam relações íntimas.

Decidiu que, no dia seguinte, iria à casa de Madame Zuriv para que ela resolvesse seu problema de saúde com alguma poção ou beberagem.

Chegando lá, Madame Zuriv a recebeu e, quando colocada a par do assunto, disse claramente que até faria uma poção, mas que não garantia a cura. Na verdade, ela estava ouvindo em sua mente, por telepatia, as orientações de um Espírito inferior que trabalhava com ela e que estava dizendo que o caso não tinha muita solução, pois já estava bastante adiantado e que, consequentemente, Filipa acabaria por perecer devido ao problema de saúde que se apresentava. Madame Zuriv não acreditou na própria "sorte"... Havia recebido a incumbência de matar Filipa, segundo pedido de Serapione, e nada melhor do que "aliviar" as dores de

Filipa, fazendo com que a morte chegasse mais rápido, afinal, ela morreria mesmo, não é?

Filipa saiu de lá confiante, mesmo tendo ouvido de Madame Zuriv que a cura não era garantida, e ficou de retornar em duas semanas para buscar a poção. Ela nem imaginava que sua morte estava sendo tramada de maneira sórdida e cruel.

Na verdade, o problema de saúde de Filipa dava-se devido aos abortos que praticara. Ela estava com uma infecção generalizada, que teve início em seus órgãos reprodutores e se alastrou de forma que, naquele momento, já não haveria muito o que fazer. Isso no caso de a Medicina da época ter os recursos necessários para o tratamento, coisa que não acontecia, então a morte física era realmente dada como certa.

Outro detalhe importante é que ninguém sabia dos padecimentos físicos de Filipa. Todos que conviviam com ela achavam que não havia problema algum com sua saúde, mesmo porque, não se saía por aí dizendo aos quatro ventos que se estava com problemas ginecológicos; não se faz isso hoje, no século XXI, que dirá no século XV!

O marido, que era quem poderia ter percebido algo estranho, nem via a esposa, ignorava-a totalmente, apenas moravam sob o mesmo teto, mas viviam vidas independentes.

Diante de tudo isso, Madame Zuriv, se tivesse moral e compaixão, não praticaria abortos, muito menos abreviaria a morte das pessoas, pois vida e morte cabem a Deus decidir e não a nós, seres ainda engatinhando em nossa senda evolutiva.

Madame Zuriv, abreviando a morte de Filipa, estaria acarretando, mais ainda, débitos gravíssimos diante de Deus e da Lei de Causa e Efeito.

Trocando em miúdos, se Madame Zuriv tivesse o mínimo de consciência dos erros hediondos que já havia cometido, em sua atual encarnação, em nome do ouro e das pedras preciosas, jamais abreviaria a morte de alguém ou sequer se disporia a matar alguém.

E tudo isso fazendo mal uso de quê? De sua mediunidade! Dom sagrado que Deus nos consagra para nos ajudar a resgatar erros passados através do trabalho e da caridade, e gratuitamente, porque já diz *O Evangelho Segundo o Espiritismo*, no Capítulo XXVI: "DAI GRATUITAMENTE O QUE RECEBESTES GRATUITAMENTE" (Mateus, cap. X, v.8).

Ela tinha uma linda mediunidade, que, se usada em nome do amor e do auxílio caritativo, alguns degraus a fariam subir em sua escalada evolutiva, mas o livre-arbítrio quando mal utilizado... Na verdade, fazia com que estagnasse e adquirisse maiores dívidas diante da Providência Divina. Sim, porque, quando o assunto é nossa evolução, jamais regredimos, ou estacionamos ou evoluímos, sinal de que Madame

Zuriv já havia tido outras oportunidades mediúnicas em vidas passadas, mas, como sempre, optou pelo mau uso e nesta ideia e objetivo permaneceu, insistindo e perdurando no erro, na encarnação atual.

O que desejo dizer é que, se ela já tivesse o costume de usar bem os seus dons em outras vidas, jamais passaria a usá-los mal na vida atual, E teria seguido no caminho do bem, porque já teria aprendido que o objetivo de Deus, ao nos dar a mediunidade por empréstimo, é tão e somente para a prática do bem. Digo empréstimo porque nossos dons não nos pertencem, pertencem a Deus e, assim como Ele nos outorgou, poderá tirá-los de nós quando bem entender, para o nosso próprio bem, porque Ele sabe que, ao invés de crescermos, estaríamos nos afundando cada vez mais em nossas mazelas, caso não tomasse essa atitude.

Sempre temos dois ou mais caminhos a seguir e devemos sempre optar pela porta estreita, como dizia Jesus, porque a larga é fácil e cômoda, mas nos leva a quedas morais que poderiam perfeitamente ser evitadas, caso realmente nos esforçássemos em prol de nós mesmos, em nossa senda evolutiva e deixássemos a preguiça, o orgulho, o materialismo, o egoísmo e o comodismo bem longe de nossas vistas e ideais.

Capítulo 10

Serapione e Filipa

SERAPIONE VOLTOU à casa de Madame Zuriv na data aprazada, levando os fios de cabelo de Filipa, as moedas de ouro e algumas joias, como o combinado.

Madame Zuriv prometeu que, em no máximo dois meses, Filipa estaria morta.

Em contrapartida, Filipa também foi buscar a poção prometida pela Madame e passou a ingeri-la, segundo as recomendações da mesma.

Serapione não aguentava mais seu superior, Bispo Gualtiero, vigiando-o e criticando-o. O ódio estava crescendo cada vez mais em seu íntimo e se regozijava pensando que Filipa estaria morta em breve, ferindo causticamente o coração daquele pai, que, embora não pudesse assumir a paternidade publicamente, era sabido por todos, à boca pequena, que era seu pai, a protegia e amava.

Serapione nem cogitava a hipótese de ser descoberto porque, em geral, pessoas arrogantes e orgulhosas como ele consideravam-se acima do bem e do mal, achando que podiam fazer e acontecer sem que ninguém colocasse um paradeiro neles.

Porém, quando as pessoas se comprazem no mal, na dor e no sofrimento alheio, em geral, uma tem sintonia com a outra, são todos Espíritos afins, pertencentes à mesma inferioridade moral, e, consequentemente, estão ligadas de alguma forma, a ponto de suas mazelas e crimes serem descobertos facilmente uns pelos outros.

Não há mal que sempre perdure e como já diz o ditado: "Quem com ferro fere, com ferro será ferido".

É como se à vida desse, às pessoas assim, cada vez mais corda (livre-arbítrio mesmo) e, quando simplesmente achasse por bem, puxasse essa mesma corda, fazendo com que estes seres infelizes se enforcassem sozinhos, afinal, a lei de ação e reação é pessoal e intransferível, e não há quem pague dívidas que não tenha contraído por si mesmo ou que pague as dívidas alheias sem ter sido ele mesmo quem as tenha contraído, ou seja, o próprio autor dos atos criminosos é quem resgatará os erros e crimes cometidos.

Alguns dias se passaram, e Filipa, embora seguindo à risca as recomendações para a ingestão da poção, não se apercebia de melhoras em seu estado, muito ao contrário. Além das dores no baixo ventre, que haviam piorado, dores de cabeça e em outros membros começaram a acometê-la.

Tonturas iam e vinham, começara a ter visões de seres hediondos e repugnantes, e ela passava a maior parte do tempo indisposta, recolhida em seus aposentos particulares. Seu estado de prostração já começava a chamar a atenção das pessoas ao redor, até que a notícia caiu nos ouvidos do Bispo Gualtiero e também nos de Serapione, que, ao contrário do primeiro, festejou intimamente, pois a notícia significava, então, que Madame Zuriv estava de fato cumprindo o que havia prometido e recebido muito em ouro para fazer.

Bispo Gualtiero providenciou, discretamente, médicos para atender Filipa, mas nenhum facultativo detectava o que estava acontecendo. Todos os aparatos e procedimentos médicos da época foram tentados, mas em vão, não havia melhora, e, quando Filipa não piorava, estagnava no mal-estar de sempre.

O que Serapione desconhecia era que o Bispo Gualtiero já tinha conhecimento das visitas dele à casa de Madame Zuriv e também estava a par da aventura que ele teve com sua filha, pois não havia segredos entre pai e filha e muito menos para a sociedade da época, na qual as pessoas não tinham mais o que fazer do que prestar atenção na vida alheia, e divertiam-se, comentando os boatos e fofocas envolvendo as criaturas de maior destaque e projeção; a sociedade era fútil e maldosa.

Bispo Gualtiero passou a prestar mais atenção em Serapione e percebeu claramente a felicidade mal disfarçada do infeliz, a cada notícia de piora de Filipa.

Pois é... Um criminoso sempre fareja o outro...

Madame Zuriv já era conhecida do Clero e, se ainda estava viva, era porque até aquele momento não havia causado maiores problemas para a Igreja, muito ao contrário, ela já havia tirado muitos sacerdotes de algumas saias justas, de maneira deveras dispendiosa aos seus bolsos, sem dúvida, mas tinham que reconhecer que ela era eficaz e discreta.

Embora ainda não tenha sido comentado no decorrer desta história, praticamente todos os dias pessoas eram queimadas na fogueira da Inquisição, e esse tipo de crime nefando despertava muita atração no populacho.

As pessoas vibravam com a agonia de outras, ali à sua frente, queimando e implorando misericórdia e perdão às suas supostas traições ao Clero, sim, porque, como já foi dito, nem todas as denúncias eram verdadeiras e, mesmo que fossem, não mereciam essa solução infeliz por parte da Igreja.

A Inquisição era uma cortina de fumaça para vinganças particulares dos poderosos da época.

Se você ferisse, de alguma forma, os interesses daqueles que estavam por cima, com certeza seu fim seria esse: a tortura e a fogueira. Não hesitavam em impingir culpas, heresias e traições a quem quer que fosse para que pudessem se livrar daquelas pessoas indesejáveis.

A tortura agia como método de convencimento, ou seja, mesmo que você nada estivesse devendo para ninguém, faziam com que assumisse culpas que não tinha. Por outro lado, pensadores, filósofos ou cientistas que viveram durante a época da Inquisição, caso dissessem ou quisessem provar algo que iria contra os interesses da Igreja, com certeza teriam o mesmo fim, a fogueira. Galileu Galilei foi exemplo histórico disso. Foi obrigado a voltar atrás, em público, quanto a seus estudos e convicção de que a Terra era que girava em torno do Sol, e que o Sol seria o centro do Cosmo, ao contrário do que a Igreja pregava, afirmando que tudo girava ao redor da Terra...

E a História está aí para nos contar tantos e tantos outros casos parecidos ou idênticos.

Na época de Cristo, houve outros casos: quem não renegasse sua fé no ideal cristão perecia das formas mais horríveis que podemos imaginar, era jogado aos leões, por exemplo.

Mas voltemos aos nossos personagens...

Bispo Gualtiero começou a apertar o cerco a Serapione, tanto que tudo era motivo de discórdia entre eles, e, mesmo que motivos para isso não houvesse, Gualtiero urdia, inventava, caluniava, cobrava, intrigava, perseguia... Fez da vida de Serapione um verdadeiro inferno dentro do Clero.

Até que, finalmente, cansou-se de brincar de gato e rato com o infeliz e mostrou às claras que os dias de Serapione estavam contados.

Armou de forma a que Serapione fosse denunciado por heresia, mas não se contentou em mandá-lo simplesmente para a fogueira.

Levou-o aos calabouços e, a cada dia, inventava uma tortura diferente para supliciá-lo. Instrumentos de tortura não faltavam, tinha para todos os gostos doentios e desequilibrados. Sua intenção era que Serapione confessasse que estava por trás da doença de Filipa, fato que ele tinha quase certeza de ser verídico, mas queria ouvir a confissão da boca de Serapione.

A próxima a acertar as contas com ele seria Madame Zuriv, mas não tinha pressa...

Filipa piorava a cada dia...

E nem desconfiava que sua piora fosse devido à poção de Madame Zuriv, pois era tão ingênua, confiava tão cegamente na feiticeira, que jamais poderia aventar uma hipótese dessas.

E Madame Zuriv continuava vivendo sua vida de forma natural e despreocupada. Confiava, tão tola e ensandecida, em seus "poderes" e "mentores" do astral inferior, que jamais poderia supor que o que era dela também estava guardado no que dependesse de Gualtiero.

Espiritualmente falando, o desequilíbrio de Madame Zuriv era tão patente, que somente quem não entendesse do assunto espiritualidade e mediunidade, nada perceberia de errado com ela.

Ela gargalhava do nada, rodopiava pela casa, jogando, em si mesma, moedas e moedas de ouro, como se estivesse banhando-se com elas. Beijava as joias que abarrotavam seus baús, devidamente escondidos no porão, para jamais correr o risco de ladrões roubarem a riqueza que somente a ela pertencia. Falava palavras desconexas e fazia evocações, que, para os entendidos da magia, soariam como soltas e inúteis, verdadeiramente vexatórias e ridículas.

Tinha visões de mulheres maltrapilhas e feridas acusando-a, via crianças com pedaços do corpo faltando, via vultos negros que exalavam odor pútrido e nauseante. Ouvia soluços, gemidos, impropérios, blasfêmias, correntes se arrastando... Via lugares escuros, frios e pavorosos em sonhos, era perseguida, acordava sobressaltada e suando gelidamente... Sentia mãos invisíveis tentando sufocá-la, chicotadas no corpo, que não sabia de onde provinham. Mas nada disso fazia com que, ao menos, começasse a repensar seus atos e se arrepender de todo o mal que já havia praticado.

Não atendia mais clientes, isolou-se de tal forma que ninguém mais ouvia falar dela e de sua fama.

Mas Gualtiero sabia de tudo isso, e, mesmo que Madame Zuriv resolvesse fugir, não conseguiria. Ele havia postado espiões nos arredores da residência dela, portanto... Era somente questão de tempo e do seu querer, acertar as contas com ela.

Capítulo 11

A morte de Madame Zuriv

SERAPIONE CONTINUAVA sendo torturado, mas sua resistência física já estava por um fio.

Gualtiero resolveu acabar logo com aquilo e marcou o dia para mandá-lo para a fogueira, porém estava frustrado, já que a confissão que ele tanto queria ouvir não veio, ou, ao menos, ele assim pensava.

No dia marcado para que Serapione queimasse em vida, em praça pública, Gualtiero decidiu fazer uma última tentativa de conseguir a confissão.

Desceu até os calabouços e mandou que praticassem mais uma sessão de tortura contra Serapione.

Satisfatoriamente conseguiu, enfim, o que tanto desejava: Serapione confessou e contou todos os detalhes, desde o dia em que procurara Madame Zuriv pela primeira vez até o último dia antes de ser encarcerado nos calabouços, ou seja, confirmou cada regozijo que havia sentido a cada notícia de piora de Filipa.

Desmaiou em seguida, mas Gualtiero mandou que ele fosse acordado de qualquer forma, porque agora, mais do que nunca, iria queimar na fogueira, tamanho o ódio que estava sentindo dele.

E, para aumentar mais ainda o ódio e o desespero de Gualtiero, naquele mesmo dia recebeu a notícia que tanto temia: Filipa estava morta.

O espetáculo em praça pública, naquele dia, fez sucesso como sempre.

Gualtiero assistiu à morte de Serapione até o último momento e, depois de tudo consumado, voltou para seus aposentos, proibindo que o perturbassem, pois queria ficar sozinho.

Aí, sim, deu vazão às lágrimas de desconsolo e tristeza, que estava tentando represar desde que recebera a notícia da morte de sua amada Filipa.

Mas o momento de emoção e interiorização durou pouco...

No dia seguinte, seu ódio voltou com força triplicada, e o alvo dele agora era Madame Zuriv.

Providenciou para que seus asseclas invadissem a casa dela e a trouxessem aos calabouços, na calada da noite, amarrada e encapuzada.

E assim foi feito dois dias depois.

Por mais que nos surpreenda, Madame Zuriv estava lúcida de uns tempos para cá, e bastante incomodada emocionalmente, sem saber exatamente o motivo. Era uma insatisfação, uma frustração, um temor de algo que ela não sabia definir.

Se levarmos em conta a lei de causa e efeito, era de se esperar que ficasse lúcida quando estivesse prestes a começar a resgatar seus erros, senão, de que valeria a lição?

Mesmo porque, apesar de todas essas sensações desencontradas que habitavam seu íntimo, nem assim repensou seus atos e nem sombra de arrependimento em sua mente.

Ela ficou profundamente surpresa quando viu sua casa invadida por aqueles homens fortes e mal-encarados, mas não ofereceu resistência, achava que estava havendo algum mal-entendido e que logo o problema se dissiparia.

Começou a mudar de ideia quando percebeu para onde estava sendo levada.

Sabia de antemão que os calabouços serviam de lugar para torturas comandadas pela

Igreja e, então, começou a temer de verdade seu destino.

Uma semana se passou, e Madame Zuriv estava a pão e água, quando muito, uma vez ao dia.

Não se atreveu a questionar os carrascos porque, com certeza, não teria resposta para suas dúvidas.

Tivera de passar as noites naquele chão de pedra, gelado, em completa escuridão, cheiro nauseante, e na companhia de roedores nojentos que não perdiam a oportunidade de mordê-la.

Estava com frio, fome e começando a ficar muito irritada com a situação, pois nem naquela oportunidade abençoada de meditar sobre sua vida e seus atos, ela estava sabendo aproveitar; o orgulho não o permitia.

Uma semana depois, a cela se abriu e surgiu o Bispo Gualtiero, empunhando um chicote. Mandou que a removessem para a cela ao lado, onde ficavam os instrumentos de tortura.

Madame Zuriv tremeu... Sua situação era pior do que imaginava, pois ela se lembrou perfeitamente de que havia levado a filha de Gualtiero à morte. Só não estava entendendo como aparentemente ele havia descoberto seu crime.

A imagem de Serapione veio-lhe à mente num átimo...

Chegando à cela de torturas, Madame Zuriv foi atada a uma roda de madeira, pelos pés e braços.

Nenhuma palavra ainda Gualtiero havia dirigido a ela.

A partir deste momento, abstenho-me de descrever os acontecimentos que sucederam a Madame Zuriv.

Quem estudou a época da Inquisição sabe perfeitamente os métodos usados contra os supostos hereges, traidores e inimigos da Igreja.

Agora sabem quem era o padre obsessor

que perseguia Sveva em sua última encarnação no século XX e também sabem que Filipa era a mulher que acompanhava o tal padre no assédio contra ela.

Depois desta encarnação, na Itália do século XV, Sveva renasceu ainda por cinco vezes, compulsoriamente, mas foram encarnações expiatórias, ou seja, renasceu em algumas com deformações físicas, paralisias, com doenças como a lepra, deficiência mental, a indigência, na mais profunda pobreza material...

No intervalo de cada encarnação, perambulou no Umbral, foi feita escrava e prisioneira de entidades menos felizes, entidades estas que, além de ela ter se mancomunado com as mesmas em seus feitiços, visando o mal dos outros e seu próprio bem e riqueza, também se juntaram a elas os inimigos que ela conquistava a cada atitude criminosa que tinha, não somente inimigos oriundos da vida que viveu no século XV, mas também de outras vidas anteriores àquela.

Capítulo 12

Século XX, na espiritualidade...

ARISTEO, ESPOSO de Marta e pai de Sveva, estava pensativo, sentado no banco de um jardim bastante aprazível, rodeado de flores, pássaros, plantas ornamentais e uma linda fonte que jorrava água cristalina.

Desencarnados iam e vinham pelas ruas arborizadas da Colônia, na Espiritualidade, ocupados com afazeres diversificados.

Venâncio, o instrutor espiritual de Aristeo, aproximou-se e saudou o pupilo fraternalmente.

– Como vai, amigo Aristeo?

– Muito preocupado. Tanto tempo perdi sendo ateu e incrédulo das verdades Divinas... Se tivesse sido uma pessoa diferente, poderia ter ajudado muito mais Marta e Sveva... Sinto-me um inútil – lamentou-se Aristeo.

– Mas para que chorar e lamentar-se, entristecer-se, quando há tanto por fazer? Não acha que já está na hora de arregaçar as mangas, ocupando-se de trabalhos edificantes aqui em nossa Colônia? – animou Venâncio.

– Não sirvo para nada, amigo, nem um bom marido e pai soube ser... – continuou Aristeo.

– Ficar se lamentando e sentindo pena de si mesmo não o levará a lugar algum, torno a dizer – respondeu Venâncio, com certa energia na voz.

– Desculpe, amigo, mas não sei o que fazer. Agora, Sveva está bem e Marta também. A parte pior já passou, mas, justamente naquela hora em que precisavam mais de mim, fui morrer? – perguntou Aristeo, com certa revolta.

Abrindo um parêntese, fazia mais ou menos dezesseis anos que Aristeo havia desencarnado e muito tempo perdera no Umbral, sem querer acreditar que existia vida após a morte física e que Deus de fato existia também. Apenas há três anos, tinha sido socorrido e residia na referida Colônia.

Ainda não havia ido visitar os familiares na Terra, mas já tivera notícias de que tudo estava bem.

– Aristeo, repito que de nada adianta ficar aí perdendo precioso tempo e energia com coisas passadas e que não voltam mais. O passado deve apenas nos servir de aprendizado, jamais de correntes em nossos pés, impedindo-nos de caminhar, crescer e evoluir – explicou Venâncio, pacientemente.

– Mas o que faço da minha vida? – quis

saber Aristeo, incomodado com a insistência de Venâncio em não compreender seu ponto de vista.

– Trabalhe, estude e cresça. Perdoe-se e perdoe àqueles que porventura o tenham prejudicado. Olhe para a frente e seja útil, pois não faltam aqui irmãos nossos precisando do auxílio de pessoas que estejam em melhores condições que eles, pois não há bem que não possa ser praticado por qualquer um de nós, bastando querer fazê-lo, porque trabalho e oportunidades para isso não nos faltarão jamais – recomendou Venâncio.

Aristeo ficou pensativo e, de repente, decidiu:

– Está bem, Venâncio. Mostre-me o que fazer, que o farei.

– Vamos começar por visitar as câmaras retificadoras que ficam no subsolo, e lá você verá o que de fato representa um sofrimento verdadeiro. Nós somos tão acomodados e egoístas, pois achamos que nossos problemas são sempre piores e maiores do que o dos outros, e isso acaba nos alienando da realidade da vida e, principalmente, da realidade da morte – disse Venâncio, de maneira decidida.

Aristeo aquiesceu e se animou; estava começando a sentir que talvez novos horizontes estivessem para se abrir diante dele.

Capítulo 13

Voltando a Sveva

As aulas terminaram, e Sveva recolheu seu material.

Seus alunos andavam malcomportados de uns tempos para cá.

Mas ela não esmorecia, não desanimava.

Amava dar aula, tinha o verdadeiro dom para a profissão, e as crianças a adoravam.

Ela saiu da escola onde lecionava e se dirigiu ao lar. Precisava dar o almoço de Olavo e verificar se Matteo havia comparecido às aulas, porque seus professores tinham entrado em contato, informando-a de que seu filho não estava indo ao colégio.

Matteo era uma eterna preocupação para Sveva. Muito amoroso com a irmã Rossela, mas com ela, com o pai e com a vizinhança, era difícil de lidar.

Os vizinhos viviam reclamando das peripécias de Matteo, e, por mais que ela dialogasse com ele, de nada adiantava.

Com Olavo ela não podia contar, ele era alcoólatra, impaciente, irritadiço por natureza e não duvidava de que ele resolvesse partir para a violência física contra o menino.

Rossela... Bem, Rossela tinha nascido com limitações mentais e quase sempre sofria com problemas respiratórios, obrigando Sveva a muitas vigílias noturnas e grandes despesas na farmácia.

Mas ela era feliz assim mesmo.

Já havia compreendido, através dos estudos que fizera da Doutrina Espírita, que jamais resgatamos erros ou pagamos dívidas que não nos pertençam por direito e autoria pessoal, intransferível.

Seus próprios pesadelos e crises haviam se espaçado bastante desde que fizeram o tratamento de desobsessão no Centro Espírita, em sua pré-adolescência, mas também havia aprendido que as crises poderiam voltar a qualquer momento, caso ela não vigiasse e orasse como havia recomendado Jesus. Quando Jesus curava, falava claramente aos enfermos: *"Ide, e, no futuro, não pequeis mais."* (São João, cap. VIII, v. de 3 a 11), ou seja, como se dissesse, "vos curei, mas cabe a vós, agora, manter vossa cura, vossa saúde física, mental, espiritual e emocional".

Além do mais, ela era médium, e, também por causa disso, a oração e a vigilância de seus pensamentos, atos e palavras, eram primordiais para o bom andamento das suas tarefas dentro da Doutrina.

Abriu a porta de casa e se deparou com Matteo largado no sofá da sala, ouvindo música.

– Você foi ao colégio, meu filho? – perguntou Sveva, carinhosamente.

– Fui, mãe, poxa! – reclamou Matteo, irritado com a cobrança.

– Filho, você não pode continuar a viver assim. Precisa ter responsabilidade e entender que, sem estudo, ninguém chega a lugar algum – aconselhou a mãe, afagando a mão do filho.

Matteo nada respondeu, desvencilhou-se do afago, levantou-se abruptamente e foi ver Rossela.

Sveva suspirou, dirigiu-se à cozinha e encontrou Olavo tomando café.

– Como passou a manhã, querido? – disse Sveva à guisa de cumprimento, beijando a face do marido.

– Com uma dor de cabeça dos diabos, mulher! – reclamou Olavo, mal-humorado.

– Tomou remédio, meu bem? – perguntou a esposa, preocupada.

– Não, estava esperando você chegar, oras! – disse Olavo, grosseiramente.

Sveva suspirou de novo, elevou o pensamento a Jesus e fez uma breve oração mental pedindo paciência.

Deu o remédio ao marido, que foi se deitar, resmungando, sem mais nada dizer, nem um muito obrigado.

Sveva sentou-se à mesa, serviu-se de um copo de leite e, segurando a cabeça entre as mãos, fez nova oração e passou a cuidar do almoço.

À noite, iria ao Centro trabalhar e ficaria bem, porque aquele ambiente sempre lhe fazia bem.

Capítulo 14

Matteo

MATTEO SABIA que sua mãe iria ao Centro naquela noite, que demoraria a retornar ao lar, e que o pai iria para o boteco, como sempre. Então, combinou com alguns amigos de irem a uma festa, sem que os pais soubessem.

Rossela estaria bem cuidada pela vizinha, que sempre se dispusera a cuidar dela na ausência de Sveva.

Matteo estava começando a experimentar maconha, e sua mãe nem sonhava com essa possibilidade infeliz.

Na tal festa, à qual compareceria com os "amigos", com certeza não faltariam drogas, o problema era conseguir dinheiro para comprar a que desejava.

Pensando nessa necessidade, entrou no quarto dos pais, sorrateiramente, e certificou-se de que o pai estava dormindo. Pegou a carteira dele e surrupiou algumas notas. Guardou-a no mesmo lugar e saiu do quarto tão sorrateiramente quanto havia entrado. Olavo nem se mexeu.

A mãe estava na cozinha às voltas com o almoço e nem percebeu o que Matteo fizera.

Matteo foi para seu quarto esfregando as mãos, já antegozando as "viagens" que faria naquela noite.

Rossela apareceu à porta e olhou para ele com um olhar lúcido, o que não era muito comum acontecer.

– O que houve, meu amor? – perguntou

Matteo à irmã, abraçando-a carinhosamente, e trazendo-a para perto da cama, onde se sentaram.

– Mat vai fazer coisa feia? – perguntou ingenuamente Rossela, daquele jeitinho que todas as crianças, que têm o problema que ela tem, falavam.

– Por que está dizendo isso, amor? – surpreendeu-se Matteo.

– Porque Rossela sonhou sonho ruim com Mat. Tinha monstro querendo pegar você no sonho... – explicou Rossela, com lágrimas escorrendo pelo rostinho.

– Não, anjo meu, não foi nada. Mat não vai fazer nada feio, pode ficar sossegada, está bem? – respondeu, consolando a irmã.

– Rossela acha que Mat vai, sim, fazer coisa feia. Rossela viu uma mulher muito bonita no sonho, que salvou Mat do monstro, e ela disse para Rossela dizer a Mat que não deve fazer coisa feia porque senão Mat vai se arrepender – insistiu Rossela.

Matteo ficou meio cismado com as palavras da irmã, mas, como não ligava para sonhos, resolveu deixar para lá.

Matteo abraçou a irmã e começou a cantar para ela, na intenção de fazê-la se distrair e esquecer aquela conversa.

Conseguido o intento, levou Rossela ao quarto dela e colocou vários brinquedos na cama para ela brincar, enquanto o almoço não ficava pronto.

Capítulo 15

A malfadada festa

ÀS DEZENOVE HORAS em ponto, Sveva saiu de casa em direção ao Centro Espírita.

Olavo saiu meia hora depois, em direção ao bar onde era cliente assíduo.

Matteo certificou-se de que a vizinha já havia chegado para ficar com Rossela e se despediu da irmã, dizendo que voltaria logo, e que ela deveria ficar boazinha para Angélica, que era como se chamava a vizinha.

Rossela segurou a mão de Matteo com força e disse, nervosa:

– Não vai, não, Mat! O monstro vai pegar você! Aquela mulher falou, *escuta ela*! – implorou Rossela, chorando.

Angélica nada entendeu e achou que era algum devaneio da menina, então, levou-a ao jardim para observar os pirilampos e distrair sua atenção.

Matteo levou como um choque ao ouvir as palavras da irmã e não gostou da sensação.

Mas resolveu de novo ignorar as palavras dela, dando de ombros e saindo, assobiando.

Encontrou os amigos na próxima esquina, e foram brincando e conversando para a festa tão esperada.

O ambiente era esfumaçado, malcheiroso, pois ali se misturava cheiro de perfume barato com álcool destilado.

Alguns jovens já estavam embriagados e drogados, tendo atitudes ridículas e proferindo palavras de baixo calão.

Casais se esfregavam, outros rapazes se drogavam, e outros, ainda, bebiam ilimitadamente.

A música era desagradável, e quem fosse moralmente elevado e entrasse naquele ambiente sentir-se-ia mal, automaticamente.

Matteo saiu à procura de Rui, que era quem vendia as drogas para a turma, e o encontrou do lado de fora, negociando cocaína com um casal de mais ou menos dezessete anos de idade.

Esperou que ele recebesse o dinheiro da venda e o cumprimentou.

— Fala aí, Rui. Pode me arrumar um pouco da erva?

— Depende, malandro. Quanto tem aí para investir na viagem? – perguntou Rui, de maneira desagradável.

Matteo tirou do bolso as notas que havia surrupiado do pai e as contou, falou o valor que tinha e conseguiu um pouco de maconha.

Voltou para dentro do antro, que ele chamava de festa, e pôs-se a um canto da sala para usufruir da sua droga em paz.

Enrolou quatro cigarros, que era o que dava para fazer com a quantidade de erva que seu dinheiro havia podido comprar, e acendeu um deles, mais do que depressa.

Logo começou a "viajar". Não dava mais acordo de si mesmo e sentou-se ali mesmo, largando-se no chão sujo.

Capítulo 16

Enquanto isso, no Centro Espírita...

O TRABALHO DE desobsessão havia terminado e era o momento de os trabalhadores da casa receberem recados ou mensagens dos mentores responsáveis pelo Centro, mensagens estas que podiam chegar tanto através da psicofonia quanto através da psicografia.

O silêncio imperava no ambiente, e Sveva percebeu que Janaína, uma das médiuns psicográficas da casa, estava escrevendo velozmente.

Irmão Josué, um dos mentores do Centro, comunicou-se através da psicofonia de Epifânia, exortando todos ao trabalho sadio, à união do grupo e ao estudo da Doutrina, sem se esquecerem da prática da caridade, entre outras citações e recomendações.

Outras mensagens vieram através da psicografia de outros médiuns ali presentes, mensagens estas chamadas de Cartas Consoladoras por nosso querido irmão Chico Xavier.

A luz acendeu-se dando por encerradas as tarefas da noite, e Janaína, mais do que depressa, aproximou-se de Sveva, entregando-lhe duas folhas de papel psicografadas.

Sveva agradeceu e afastou-se do grupo para ler a mensagem.

"Que a Paz do Mestre esteja contigo, filha do meu coração.

A vida nos traz ensinamentos a cada minuto, e não podemos esmorecer diante dos obstáculos que porventura surjam em nossa caminhada, rumo ao nosso progresso evolutivo.

Filhos são pedras preciosas que nos foram emprestados por Deus para nos fazerem crescer e para fazê-los crescer e orientá-los no caminho do bem, do amor e da caridade.

Muitos erros nossos filhos queridos cometem, mas jamais devemos deixar de perdoar e recomeçar, do zero, se preciso for.

Todos nós carregamos nossa bagagem espiritual de uma encarnação para outra e com nossos filhos não é diferente.

Se acaso um filho gera problemas e tropeços, mesmo que seus pais tenham se esforçado ao máximo para lhe dar bons exemplos, estes mesmos pais não devem se sentir culpados pelas quedas que porventura esse filho tão amado tenha, em determinados momentos da vida. Devem, sim, entregar nas mãos de Deus o que lhes é impossível resolver por si mesmos e continuar dando do seu melhor, com amor e compaixão pelas derrocadas alheias, principalmente pelas derrocadas dos filhos tão queridos.

Seja forte, minha filha, confie sempre, e jamais deixe de acreditar que tudo o que nos acontece é para o nosso melhor.

Que Deus a cubra sempre com Seu manto de amor,

De sua amiga e irmã de hoje e sempre,
CONSOLAÇÃO."

Sveva estava em lágrimas.

Consolação era uma amiga muito querida, que houvera desencarnado há seis anos e que, sempre que podia, mandava mensagens e conselhos aos trabalhadores do Centro Espírita no qual trabalhara e para o qual se dedicara por mais de trinta anos de sua vida.

Fora graças à grande amiga Consolação que sua mãe Marta havia conhecido o Espiritismo e encontrado uma luz no fim do túnel para o problema obsessivo de Sveva, anos atrás. Mesmo depois de praticamente curada, Sveva e sua mãe jamais prescindiram da presença de Consolação na vida e no coração.

Marta também havia desencarnado poucos anos após o casamento entre Sveva e Olavo.

Sveva se acalmou, pois estava bastante emocionada devido à mensagem de Consolação, e passou a raciocinar sobre as palavras da amiga desencarnada.

Estava claro que Consolação se referia a Matteo, mas a dúvida era se ela se referia aos problemas já existentes ou se estava tentando lhe dar algum tipo de aviso em relação a algo de ruim que ainda poderia vir a acontecer.

Sentiu um aperto no peito.

Os colegas do Centro vieram se despedir, e ela voltou para casa.

Chegando lá, dispensou Angélica, verificou se Rossela dormia e foi para seu quarto. Naturalmente, Olavo ainda não retornara do bar. Eram vinte e três horas e trinta minutos quando Sveva se trocou e voltou a pensar na mensagem de Consolação.

E, num átimo, dirigiu-se ao quarto de Matteo e viu, em sua cama, um volume que na penumbra parecia o filho deitado, mas, sem saber o motivo, ficou cismada, acendeu a luz e se aproximou para se certificar.

Quase desfaleceu quando puxou as cobertas e viu, no lugar do filho, um amontoado de travesseiros fazendo-se passar por ele.

Seu coração disparou, e ela começou a rezar desesperadamente, pedindo proteção ao filho, onde quer que ele se encontrasse.

Foi buscar Olavo no bar, como sempre fizera todas as noites, no decorrer daqueles anos, não achando que poderia dividir com ele suas aflições naquele momento, porque seu marido já deveria estar bastante alcoolizado.

Em segurança, deixou Olavo em casa e foi atrás de informações do paradeiro de Matteo.

Perguntando aqui e ali, pois todos a conheciam desde menina, foi informada de que Matteo havia ido a uma festa com os amigos. Conseguiu, com muito custo, o endereço do local, pois o vizinho que poderia dá-lo hesitou muito antes de fazê-lo, deixando Sveva desconfiada e mais preocupada ainda.

Tentando permanecer calma, dirigiu-se ao endereço citado, apesar de estar com uma baita vontade de dar uns bons petelecos em Matteo.

Chegou ao endereço da festa e ficou estupefata!

O lugar era horrível, escuro, e aparentemente bastante malfrequentado.

Uma música ensurdecedora ouvia-se saindo da casa onde a suposta festa acontecia, e ela não sabia como se fazer anunciar porque ninguém ali poderia ouvir suas batidas na porta ou mesmo o toque da campainha, devido ao som estrondoso.

Dois homens maltrapilhos passaram pela rua, lançando a Sveva olhares maliciosos e cheios de segundas e terceiras intenções. Ela, mais do que depressa, chegou à porta da casa e testou a fechadura. Estava destrancada. Abriu--a, e a impressão que ela passou a ter foi a de que havia entrado num verdadeiro inferno na Terra, uma verdadeira bacanal.

Uma fumaça com cheiro adocicado impregnava o ambiente, embrulhando seu estômago, odores de suor e bebida se misturavam, viu jovens praticamente saídos da infância se beijando languidamente, tanto entre o sexo oposto como entre sexos iguais. A maioria estava seminua, outros jogados pelo sofá ou pelo chão, parecendo ter convulsões, e via-se uma baba escorrendo da boca de tantos outros ali presentes.

Sveva tremia, mas resolveu seguir em frente. Precisava encontrar Matteo o quanto antes.

Foi se desviando de copos e garrafas quebrados, corpos jogados, e entrou em cada cômodo à procura do filho, controlando-se para não vomitar a cada passo que dava.

Mentalizou Jesus e os benfeitores amigos, olhou para um dos cantos da sala, olhou de novo e não acreditou... Lá estava Matteo, jogado no chão, parecendo ter pesadelos horripilantes, pois estremecia, gemia, sorria, fazia cara de choro, tudo ao mesmo tempo.

Sveva chegou-se ao filho e tentou acordá-lo, nada conseguindo a princípio, mas insistiu, chacoalhou, deu tapinhas no rosto e, estranhamente, estava calma e serena.

Matteo abriu os olhos vermelhos e olhou para a mãe como se não a visse, como se estivesse olhando para o vácuo.

A mãe chamou seu nome energicamente por várias vezes, e o olhar de Matteo foi ficando cada vez mais lúcido.

– Mãe?! O que faz aqui? – gritou Matteo, assustado.

Devia estar "viajando", imagine que sua mãe estaria ali com aquela expressão séria e olhar repleto de tristeza.

– Levante-se, Matteo, vamos embora! – exigiu Sveva, unindo o ato às palavras e puxando o filho pela gola da camisa, na tentativa de levantá-lo do chão.

Ele se levantou tropegamente, e, escorando-se nos ombros da mãe, saíram daquele lugar imundo.

Sveva providenciou um táxi, e voltaram para casa no mais profundo e fúnebre silêncio.

Capítulo 17

Tentativa de conscientização

JÁ EM CASA, Sveva ordenou que Matteo tomasse um banho e, depois, fosse para a cozinha, pois ela lhe faria um bom chá, e, aí sim, conversariam.

Matteo tentou argumentar, mas o olhar da mãe não admitia réplicas.

Baixou a cabeça e foi para o banho.

Para o azar de Sveva, Olavo acordou e apareceu na sala, vociferando:

– Onde estava, mulher? Desde quando você fica na rua até de madrugada? É minha esposa, mãe dos meus filhos e tem que se dar ao respeito!

– Querido, vá descansar. Amanhã conversaremos – tentou argumentar Sveva.

– O queeeeê? Converso quando quero e não quando você decide! Onde estava? Se não me responder, sentirá o peso do meu punho nesse seu lindo rostinho de anjo! – berrou Olavo, totalmente descontrolado.

Sveva tremia, mas tentou responder sem gaguejar:

– Meu bem, o Matteo...

Olavo nem deixou que ela terminasse a frase. Aos gritos, foi tirando a cinta da calça, para surrá-lo:

– O que aquele moleque dos infernos fez agora? Você fica passando a mão na cabeça dele a vida inteira, sua frouxa! Tudo culpa sua! Cadê ele? Agora sim, será tratado como homem e não como uma florzinha de estufa. Cadê você, moleque? Apareça imediatamente!

Matteo, dentro do banheiro, empalideceu ao ouvir os gritos do pai. Como se não bastasse a cólera de Olavo, ele não parara de vomitar desde que ali entrara, e seu estômago e a cabeça doíam horrivelmente.

Sveva conseguiu forças sem saber de onde e começou a orar em silêncio, pedindo aos Céus que nenhuma tragédia se abatesse em seu lar.

– Papaizinho? Por que está brabo? – perguntou Rossela, esfregando os olhinhos de sono.

Olavo disfarçou a ira, abaixou a cinta e disse à filha, com a voz mais controlada que conseguiu:

– Vá dormir, filhinha. Papai já vai lá lhe dar um beijinho e contar uma historinha de fadas.

– Papai, o monstro pegou Mat, por isso está brabo? – insistiu Rossela, com o rostinho preocupado.

"Monstro? Será que sua filha estava se

referindo a ele mesmo? Como assim?" – assustou-se o pai. Sua filha, a quem tanto idolatrava, não podia ter essa imagem do próprio pai. Olavo colocou calmamente a cinta em cima do sofá, arrumou a calça, respirou fundo diversas vezes, agachou-se para ficar na altura da filha e disse com carinho:

– Princesinha do papai, não tem monstro aqui, não. Papai só ficou nervoso porque Mat aprontou de novo.

– Tá bom, papai. Você pode contar a historinha para Rossela agora? – pediu meigamente a menina, estendendo os bracinhos para Olavo, pedindo colo e bocejando.

Olavo desarmou-se totalmente, pegou a filha no colo e tentou esconder de Sveva duas lágrimas furtivas que escaparam de seus olhos.

Sveva jogou-se no sofá, respirando profundamente, como se um caminhão de pedras houvesse sido retirado de suas costas.

Orou agradecendo a Deus a presença daquele anjo Rossela em sua vida e na vida de Olavo.

Matteo saiu do banheiro, pálido e tremendo. Seu mal-estar era patente.

Sveva o pegou pela mão e foram para a cozinha em silêncio.

Mãe e filho sentaram-se frente a frente.

Sveva suspirou e disse:

– Filho, você está se drogando?

Matteo disfarçou, desviou o olhar, olhou para os lados, e respondeu com voz sumida:

– É só maconha, mãe, não é droga.

– Maconha é droga, Matteo. Os viciados sempre começam por ela, mas chega um tempo que não basta mais, e passam a se drogar com coisas mais fortes, pesadas e letais. Por que, meu filho? Eu o amo tanto, mas tanto, mas tanto, que nem cabe tanto amor em mim. Sei que seu pai é difícil, mas ele também o ama, do jeito dele, mas ama. Sei que não posso lhe comprar coisas caras, mas procuro dar meu sangue na escola para sustentar você e Rossela de maneira digna e honesta. Sempre procurei dialogar com você, ajudá-lo e entender o que sente. Mas você não me dá chance nem trégua, Matteo. Sinto-me vazia porque tudo faço e você não reconhece – desabafou Sveva.

Matteo soluçava sentidamente, com o rosto escondido entre as mãos, sem coragem de encarar a mãe.

Sveva respeitou aquele momento do filho e, pacientemente, aguardou que ele se acalmasse.

Passados alguns minutos, os soluços foram diminuindo até que ele vagarosamente descobriu o rosto, enxugou os olhos vermelhos, olhou nos olhos da mãe e disse pesarosamente:

– Perdoe-me, mãe. Minha turma toda fuma baseado. Eu não podia ficar fora dessa, senão perderia meus amigos, não seria mais aceito por eles.

– Filho, amigo de verdade nos leva sempre para o bom caminho, e não para o mau. Amigo de verdade está ao nosso lado em todos os momentos, principalmente nos ruins. Amiga de verdade é Consolação, lembra-se dela? Mesmo desencarnada, dá provas contundentes e diárias do profundo apreço e carinho que tem por nós. Recebi uma mensagem dela hoje, vou lhe mostrar. Leia e reflita, filho.

Matteo leu a mensagem e mais algumas lágrimas lhe escorreram pelo rosto abatido.

– Bonita a mensagem, mãe. Mas isso não resolve meu problema. Não quero ficar sem amigos. Não me desejarão mais na turma se eu parar de fumar baseado – alegou, sem saber o que fazer.

– Você concorda em largar a maconha, filho? Você confia na sua mãe? Prometo-lhe novos e melhores amigos – propôs Sveva, esperançosa.

– Na verdade, a maconha em si me é indiferente, só queria ser aceito pelo grupo. A escola também não me agrada, mãe – explicou Matteo.

– Façamos o seguinte. Que tal você ir viajar um pouco? Minha tia Jocasta mora numa linda cidade interiorana, mais calma, mais tranquila... Por que não passa algum tempo lá, longe de tudo, e repensa o que deseja para seu futuro? Por que não aproveita para refletir sobre os verdadeiros valores da vida? Sobre seus pais, sua irmã, o companheirismo, a benevolência e a união que deve existir entre os que se amam de fato? Pense sobre sua vida, sonhos, opiniões, objetivos... Não era você quem dizia querer ser médico para ajudar as pessoas menos favorecidas? O que mudou, filho? Mudou algo?

Matteo coçou a cabeça, ficou pensativo e pediu um tempo para decidir.

Sveva aquiesceu, e foram deitar, cada um perdido em seus próprios anseios e pensamentos.

Olavo adormecera na cama de Rossela, abraçado a ela, e uma aura de paz banhava o ambiente.

Capítulo 18

A decisão de Matteo

UMA SEMANA depois daquele fatídico dia, em que Sveva descobrira seu filho metido com drogas e más companhias, Matteo procurou a mãe para conversar.

No decorrer desse tempo, frequentou devidamente as aulas e ia da escola para casa. Seus "amigos" o procuraram, mas Matteo inventou mil e uma desculpas para não encontrá-los.

Sveva procurou ficar serena, sem pressionar o filho.

Matteo pigarreou e disse:

– Pensei muito e decidi ir para a casa da sua tia Jocasta. Vou seguir seu conselho e repensar minha vida.

Sveva sorriu e abraçou o filho.

– Que bom, meu bem. Vou conversar com seu pai e providenciar a viagem. Amanhã mesmo, telefonarei para minha tia explicando a situação.

Matteo assentiu e foi ter com Rossela.

Tia Jocasta também era espírita e havia, por diversas ocasiões, oferecido a pousada da qual era proprietária, e também onde residia, para Matteo passar uns tempos, pois sabia da luta ferrenha de Sveva para colocar limites nele e também estava a par dos maus bocados que sua sobrinha passava com o marido.

Ficou feliz, então, com a decisão de Matteo.

Matteo partiu deixando o coração de Sveva repleto de confiança, esperança e saudade.

Rossela foi quem mais sofreu com a ausência do irmão, mas, em determinado momento daquela fase, contou à mãe que sonhara com uma mulher muito linda que dizia que estava cuidando muito bem de Mat, e, no que dependesse dela, ele nunca mais seria pego pelo monstro. Então, por isso, Rossela se tranquilizou e deixou de sofrer tanto.

Entenda-se "monstro" em sentido figurado, ou seja, na verdade a referência era ao mundo das drogas.

Capítulo 19

O retorno de Matteo

O TEMPO ESCOOU, e a vida de todos seguiu seu curso.

Um ano depois da partida de Matteo, foi anunciada sua volta, regozijando a todos os familiares, e até Olavo recebeu a notícia com um sorriso nos lábios.

Durante a ausência dele, é claro que notícias sempre vinham, quando não partiam de Jocasta, o próprio Matteo telefonava ou escrevia.

Jocasta contou muitas novidades que fizeram o coração materno de Sveva saltar no peito de alegria e agradecimento à bondade de Deus.

Contou que Matteo resolvera trabalhar na pousada com o marido dela, fizera novas e boas amizades e decidira fazer dois cursos que lhe despertaram o interesse. Não bebera e tampouco chegara perto de drogas e similares, passara a frequentar o Centro Espírita onde Jocasta trabalhava como médium e participara ativamente de pequenas tarefas conferidas a ele pelos dirigentes, tais como servir a água que seria fluidificada aos visitantes, distrair as crianças enquanto seus pais ouviam as preleções evangélicas, enfim, tudo tinha transcorrido de forma maravilhosa e inesperada.

Matteo confirmara também que realmente desejava ser médico e que, a partir de seu retorno a São Paulo, trataria de recuperar o tempo perdido nos estudos.

A saudade doera em todos, mas valera a pena!

Ele chegou a São Paulo e em casa distribuindo abraços e, quando Olavo o encarou, hesitou um pouco, mas abriu os braços e, com um grande sorriso para o pai, aceitou o carinho, bastante emocionado.

Sveva chorava de alegria ao ver tanta harmonia entre pai e filho, e Rossela pulava o tempo todo querendo chamar a atenção do irmão.

Quando os ânimos se acalmaram, foram todos lanchar num clima de paz que nunca se vira naquele lar.

Matteo contou novamente tudo o que Jocasta já dissera para Sveva e anunciou que desejava participar da Mocidade no Centro Espírita onde sua mãe trabalhava. Mostrou reiterado desejo de mudar de escola e recomeçar do zero.

Quando ouviu isso de Matteo, Sveva se lembrou da mensagem de Consolação e vibrou muita luz para ela.

Matteo também manifestou ensejo de trabalhar para ter maior independência financeira e deixar de sobrecarregar os pais.

Olavo ouviu tudo calado. Quando uma pequena pausa se fez na conversa animada, respirou fundo e disse, com a voz embargada:

– Quero que vocês me perdoem...

Sveva não esperava por aquilo, ficou de boca aberta, mas se recuperou num segundo.

Olavo estava muito mudado desde o dia em que ameaçara bater em Sveva, há um ano. Ficava pelos cantos pensando, afagava frequentemente os cabelos de Rossela, olhava furtivamente para Sveva, mas sempre calado.

Matteo olhou surpreso para o pai, e Rossela foi a única que não atinou com a gravidade e importância do momento familiar a se descortinar à sua frente. Ela estava entretida com sua boneca preferida, "nem aí" com os adultos.

Quando se recuperou do susto, Sveva perguntou, pisando em ovos:

– Pede-nos perdão? Por qual motivo, meu bem?

Olavo baixou o olhar, constrangido. Via-se claramente a culpa estampada no semblante dele.

– Peço perdão por ter sido até hoje uma pessoa grosseira, irritadiça, teimosa, de certa forma violenta e muito ignorante com todos. O vício da bebida foi consumindo meus bons sentimentos e, principalmente, minha forma de demonstrá-los. Amo a todos vocês, mas não espero que acreditem porque não foi o que deixei transparecer durante esses anos todos. Sveva, minha querida, preciso de ajuda. O alcoolismo é uma doença que destrói nossa vida sem dó nem piedade. Quanto tempo perdi entregue às bebedeiras sem fim, dormindo de ressaca ou brigando com todos? Quantas oportunidades deixei passar de sorrir mais, cantar, dançar, abraçar meus filhos e esposa, simplesmente viver? Nem eu me aguento mais, Sveva, que dirá vocês e nossos vizinhos, por exemplo?

Olavo começou a chorar copiosamente.

Sveva se levantou, também chorando, e abraçou o marido afagando seus já ralos cabelos grisalhos, agradecendo mais uma vez a Deus por tamanha alegria.

Matteo cedeu à emoção do momento e também abraçou o pai, tentando esconder as lágrimas que teimavam em escorrer pelo seu rosto.

Rossela, sem nada entender, beijou a bochecha do pai e saiu correndo atrás de um passarinho no jardim, imitando seu gorjeio e batendo os braços como se fossem as asas do bichinho de penas coloridas.

Capítulo 20

A luta diária de Olavo contra o álcool

SVEVA E OLAVO foram buscar ajuda médica e dos A.A. (Alcoólicos Anônimos).

Ela passou a frequentar as reuniões junto com o marido e sempre apoiava seu esforço em se livrar do vício.

Via-se claramente que ele muito sofria com as crises de abstinência, mas, quando Sveva percebia seu estado de espírito, convidava-o para passeios bucólicos e interessantes e também a fazerem uma prece.

Era uma batalha diária, mas o casal tinha aprendido: UM DIA DE CADA VEZ.

Olavo passou a assistir às palestras e a estudar o Evangelho no Centro Espírita, junto com Sveva, e os amigos ficaram muito felizes com as mudanças que se operavam no âmago daquela família.

Matteo conseguiu um emprego como *office-boy* e abriu uma poupança. Pretendia ajudar em casa e guardar o restante para auxiliar nos estudos da Faculdade de Medicina.

Os "amigos" dele tomaram chá de sumiço, e Sveva agradecia imensamente a Deus por isso.

Olavo sabia que jamais ficaria curado de sua doença, pois sempre haveria possibilidades de recaídas, mas estava se esforçando de verdade.

Começou a se aproximar dos vizinhos, que antigamente o viam com maus olhos, e, pouco a pouco, conquistou a simpatia e o respeito deles.

Não passava nem na porta do boteco que frequentara por tantos anos.

Quando alguém lhe oferecia uma bebida em qualquer ocasião que fosse, resistia bravamente e recusava polidamente, logo se afastando.

Oito anos se passaram, e Olavo continuava sua luta, sempre apoiado pela esposa e pelo filho.

Matteo estava com vinte e quatro anos e passara no vestibular para Medicina.

Em momentos de introspecção, quando Sveva olhava para trás, nem acreditava em tudo o que já tinha passado até ali. Estava com quarenta e três anos, fora promovida a diretora da escola onde sempre trabalhara como professora, continuava suas tarefas dentro da Doutrina Espírita, e o ambiente do seu lar há muito estava harmonioso e iluminado pela união e pelo respeito.

Mas como dizia Emmanuel a Chico Xavier, "tudo passa nesta vida, tanto as coisas más quanto as coisas boas..."

Afinal, vivemos num mundo de provas e expiações e, diante desse fato incontestável, não poderia ser diferente.

Capítulo 21

Rossela

ROSSELA COMPLETARA dezoito anos de idade, e seus problemas respiratórios começaram a piorar.

Ela sentia muita dificuldade em respirar, tinha crises que a faziam quase sucumbir.

Sveva revezava seus cuidados com Olavo.

Alternavam suas idas ao hospital, eventuais internações e os cuidados caseiros; Rossela tinha um balão de oxigênio em seu quarto, não podia tomar friagem e sua alimentação tinha de ser o mais natural e saudável possível.

Numa determinada noite, Sveva velava o sono de Rossela, enquanto tricotava enxovaizinhos para as gestantes pobres da comunidade, quando ouviu Rossela chamá-la com voz fraca.

Sveva se aproximou rapidamente, segurou sua mãozinha quente, pois Rossela estava febril, já há alguns dias sem que a febre cedesse, apesar da medicação e de todas as outras tentativas.

– Fale, meu anjo de candura, mamãe está aqui.

– Quando este homem, que tá aqui do **lado da cama, vier me buscar para morar num** lindo jardim florido, cheio de borboletas, passarinhos e outras crianças, você vai chorar, mamãe? – quis saber Rossela.

– De qual homem está falando, minha flor? – perguntou Sveva, assustada com o teor da pergunta.

– Este aqui, poxa!!! – disse Rossela, tendo

uma crise de tosse e apontando, ao mesmo tempo, para o lado direito da cama dela.

Sveva olhou na direção apontada pela filha e nada viu, pois não tinha vidência, mas, mesmo assim, sabia que Rossela deveria estar vendo algum desencarnado.

– Fale como é esse homem para a mamãe, querida – cutucou Sveva, querendo saber mais do tal homem.

– Ele é velhinho, tem pelos brancos em cima da boca e na cara, cabelos brancos, parece o Papai Noel, mas também está vestido de branco. Está mexendo em meus cabelos e sorrindo para mim – descreveu Rossela, encantada.

– E ele está lhe dizendo alguma coisa, filhinha? – insistiu a mãe.

– Ele me contou que tem um bezerro e chama Menezes... Bezerro é o filho da vaca, né, mamãe? – quis saber Rossela, pois adorava animais.

– Filha, o nome dele não seria Bezerra de Menezes? – perguntou Sveva, mal acreditando que poderia ser verdade.

– Hein? Sei não, deixe ver, *pera*. Oh, vovozinho! Vovozinho? Você tem um bezerro e chama Menezes ou seu nome é Bezerra de Menezes? – perguntou Rossela ao novo amigo.

Rossela deu uma risadinha e disse:

– Ele tá rindo muito, chacoalhando a pança, mamãe. Acarinhou outra vez o meu rostinho e, com isso, senti um arzinho gostoso pelo meu corpinho todo. Minha cabeça parou de doer – constatou Rossela, contente. – Ele *tá* dizendo para você colocar aquela coisa chata e gelada debaixo do meu braço, no sovaco, entendeu, mãe? – prosseguiu Rossela. Sveva pegou o termômetro e mediu a temperatura da filha, constatando que a febre havia baixado um pouco.

Com lágrimas nos olhos e um nó na garganta, Sveva só conseguiu dizer em pensamento: "Deus o abençoe e ilumine, caro amigo!"

– Mãe, ele *tá* dando uma piscadinha e dizendo que vai buscar um presente para mim – anunciou Rossela, toda contente porque adorava presentes.

– Oh, Céus! – exclamou Sveva, que não aguentava tanta emoção. Ajoelhou-se e deixou as lágrimas escorrerem abundantes.

– Mãe, ele nem saiu do lugar e já voltou! – exclamou Rossela, com admiração – Deve ser um mágico de circo, né?... Mãe, o que foi? Ficou boba? Responde, manhêêê! – disse Rossela, dando soquinhos no ombro de Sveva, querendo chamar sua atenção.

Sveva controlou a emoção e inquiriu:

– Onde está o tal homem agora?

– *Tá* aqui, *oras*! Não falei que ele nem saiu do lugar e já voltou? Olha, mãe, ele *tá* me dando um buquezinho de flores pequeninas e coloridas! – excitou-se Rossela e estendeu os braços para pegar o presente do amigo. – Olha que lindo, mãe! – repetiu a filha, entregando as flores para Sveva, flores estas que não estavam materializadas para Sveva, mas estavam para Rossela, ou seja, Sveva não as via, mas Rossela não só as via como as tocava.

– Ele assoprou um beijo e foi embora... – lamentou Rossela – Queria tanto ter visto o bezerro dele! – prosseguiu a filha com suas lamentações.

Sveva sorriu e, mais uma vez, agradeceu a presença de tão venerável amigo em seu lar e o auxílio prestado à sua Rossela.

Mais alguns minutos de resmungos de Rossela, e ela adormeceu como há muito não conseguia.

Sveva saiu, pé ante pé, do quarto da filha e lembrou-se do que a iluminada entidade dissera a Rossela sobre levá-la para morar num lindo jardim.

Será que Rossela desencarnaria em breve?

Oh! Que Deus lhe desse força e coragem para passar por mais essa provação de maneira confiante e tranquila. Que fosse feita a vontade do Pai!

Três meses se passaram, e o quadro clínico de Rossela alternava-se entre pioras e melhoras.

E, quando menos esperavam, seu estado de saúde piorou deveras.

Rossela entrou em coma e assim permaneceu por mais dois meses.

Numa tarde, Rossela abriu os olhos e pediu para chamarem seus pais e seu irmão.

– Mãe, pai, Mat... Quero agradecer todo o amor, trabalho e dedicação que tiveram comigo nesses poucos anos de convivência que Deus permitiu que eu tivesse com vocês – expressou-se Rossela, de maneira madura, lúcida e límpida, como nunca havia se expressado antes devido à Síndrome de Down. – Estou bem lúcida, sim, como jamais estive nesta minha vida e deixo a vocês um grande beijo no coração. Espero vocês lá... – terminou Rossela, dando um profundo suspiro e fechando os olhos da carne para aquela encarnação de expiação e preciosas lições para seu Espírito eterno.

Desencarnara com um sorriso nos lábios e semblante sereno, deixando a todos os presentes a sensação de que ela havia se libertado, enfim, de qualquer erro ou mal que pudesse ter praticado um dia, em outra vida, em outro tempo...

Capítulo 22

A formatura de Matteo

MAIS SETE ANOS se passaram, e Matteo formara-se com honras e glórias em Medicina. Fora um aluno brilhante e aplicado.

Especializara-se em oncologia e pretendia cuidar de crianças vitimadas por essa doença.

Logo começou a trabalhar numa clínica particular, localizada em bairro nobre da cidade, mas, pelo menos quatro ou cinco vezes por semana, trabalhava em hospitais públicos por meio período e também visitava doentes que moravam na comunidade onde continuara a residir com os pais.

Ainda encontrava tempo para explanar o Evangelho no Centro Espírita onde sua mãe trabalhava e fazia palestras sobre os malefícios das drogas onde quer que sua presença fosse requerida.

A cada dois meses, promovia um lanche para os adolescentes da comunidade, palestrando igualmente sobre as drogas. Distribuía cestas básicas para os menos favorecidos e remédios gratuitos, desde que as referidas receitas médicas fossem apresentadas.

Quando Rossela desencarnara, Olavo tivera duas recaídas em relação à bebida, mas se recuperara e continuara sua luta.

Mesmo diante de tal esforço, sua saúde debilitara-se devidos aos desregramentos alcoólicos do passado, passado este que sempre cobra seu preço, um dia, quando optamos por caminhos errados em determinados momentos de nossas vidas.

O corpo físico é um vaso precioso que temos por obrigação cuidar e respeitar, pois também não nos pertence, afinal, é empréstimo de Deus e qualquer prejuízo que lhe causemos com certeza nos será cobrado.

É a Lei de Causa e Efeito, sempre ela, e não tem como fugirmos nem nos escondermos dos fatos, nem dela...

Capítulo 23

A enfermidade de Olavo

A CIRROSE HEPÁTICA não dava tréguas a Olavo.

Estava internado havia dois meses, e outras complicações iam surgindo.

Quando achava que finalmente voltaria para o aconchego do lar e para os braços da esposa, algo acontecia e a alta hospitalar não vinha.

Sveva desdobrava-se entre as noites no hospital, os afazeres domésticos, espirituais e escolares.

Se dormia quatro horas por dia era muito.

Fazia o Evangelho na presença do marido e ainda visitava os doentes que estavam em outros quartos, levando-lhes palavras de conforto e fé.

Deixava o quarto do marido sempre florido, colocava músicas relaxantes para ele ouvir e dialogava somente sobre assuntos edificantes.

Seus companheiros do Centro Espírita visitavam Olavo todas as semanas e chegavam sempre sorridentes e distribuindo calor humano a quem quer que encontrassem pelo caminho.

Levavam água e pediam à Espiritualidade amiga que a fluidificasse, levavam-lhe livros para distraí-lo. Ele nunca ficava sozinho no hospital.

Mas Olavo definhava a olhos vistos.

Infecções traiçoeiras e inesperadas passaram a tomar conta do organismo dele. Quando melhorava de uma, outra vinha em seguida, e o calvário prosseguia. Ele tinha manchas violáceas pelo corpo, parecia ter envelhecido dez anos em apenas dois meses.

Dores aqui e acolá o incomodavam sobremaneira, a inapetência também se fez presente, e o soro intravenoso ou a alimentação líquida, através de sonda, passaram a fazer parte da realidade diária de Olavo.

Os pulmões apresentaram-se prejudicados, e Olavo nem sentia mais as pernas.

Sua face encovada e a magreza excessiva despertavam comiseração em todos que o visitavam. Estava só pele e osso.

Capítulo 24

Na espiritualidade...

ROSSELA, CONSOLAÇÃO, Aristeo, Marta, Venâncio, Juliano, instrutor espiritual de Olavo, e Rosemeire, a instrutora de Rossela, estavam reunidos num pátio, conversando sobre amenidades, quando Eliseu chegou, dando a notícia.

– Já podemos ir. A autorização para trazermos nosso Olavo chegou.

Todos rumaram para a Terra, acompanhados por enfermeiros e especialistas em desligar os recém-desencarnados do vaso físico.

Chegando ao hospital, entraram no quarto de Olavo, que acabara de ter uma parada cardíaca. Os médicos tentavam por todos os meios ressuscitá-lo, mas sem sucesso.

Sveva, do lado de fora, rezava com todas as forças do seu coração.

Os aparelhos não reagiam, o coração de Olavo não reagia.

Meia hora depois, Sveva recebeu a notícia: Olavo desencarnara.

Juliano estava concentrado e com as mãos impostas no chacra coronário de Olavo enquanto os especialistas de desligamento trabalhavam, desatando os laços que ainda prendiam o perispírito dele ao corpo físico.

Dali a segundos, o perispírito de Olavo pairava livremente sobre o corpo morto. Ele dormia.

Foi colocado, com todo o cuidado, numa

maca, e, imediatamente, todos retornaram à Colônia, localizada no plano espiritual.

Olavo foi instalado num quarto arejado e todo branco.

Outro médico chegou e cuidou do mais novo paciente, com dedicação e amor.

Enquanto isso, Sveva, na Terra, providenciava o velório e o enterro do companheiro de jornada.

Ela estava com cinquenta e um anos e, olhando mais uma vez para seu passado... Muito havia caminhado, houvera caído e levantado repetidas vezes. Estava com uma sensação de missão cumprida, como se tudo o que se propusera a fazer, na atual encarnação, houvesse de fato se concretizado, conforme sua programação reencarnatória.

Sentia-se leve e conformada com tudo o que a vida houvera lhe ofertado.

Capítulo 25

Olavo na espiritualidade

QUANDO OLAVO abriu os olhos, não sabia onde estava.

Sua cabeça rodava, mas, de resto, sentia-se bem.

A porta se abriu, e qual não foi a sua surpresa quando viu Rossela entrando, sorridente e de olhos brilhantes.

– Bom dia, papai. Como está se sentindo?

– Filha! O que faz aqui? – perguntou o pai, boquiaberto.

– Você quem veio até mim e não o contrário – informou Rossela, divertindo-se com o susto do pai.

– Como assim? – quis saber Olavo, bastante confuso.

– Você desencarnou depois de uma estadia num hospital da Terra. Ainda se encontra internado num hospital, mas, agora, na Espiritualidade – esclareceu a filha.

Olavo sentiu os olhos marejarem, mas já aprendera o suficiente sobre o Espiritismo com Sveva para que compreendesse sua realidade atual.

Rossela sabia como ele se sentia e afagou-lhe o rosto.

– Que tal um bom banho e uma comida quentinha, papai? – ofereceu Rossela, tentando animar o pai.

– Será que consigo, filha? Fiquei muito tempo imobilizado numa cama, eu nem sentia mais minhas pernas... – contou Olavo, lembran-do-se daqueles momentos difíceis.

– Tente mover as pernas, pai, com cuida-do – recomendou Rossela.

Assim ele fez e sentiu de novo os movi-mentos, como se nada tivesse acontecido.

– Há quanto tempo estou aqui? – perqui-riu Olavo.

– Três meses – informou a filha.

Olavo se sentou com certa dificuldade, apalpou-se para ver se estava inteiro e, sur-preendentemente, não sentiu as dores atrozes que o acompanharam por determinado perío-do, quando encarnado.

– Puxa! Não sinto dores! – constatou ale-gremente.

– Que bom. Quer se banhar agora ou pre-fere fazê-lo depois? – insistiu Rossela.

– Filha, seu jeito de falar está como o de

uma pessoa normal! – admirou-se Olavo, somente agora percebendo o fato inusitado.

– Sim. FUI deficiente enquanto encarnada, era meu corpo e cérebro físicos que tinham limitações. Inclusive, já poderia ter mudado minha aparência perispiritual, pois era no meu corpo físico que se apresentavam as características da Síndrome de Down. Só não modifiquei minha aparência porque correria o risco de você não me reconhecer ou ter dúvidas sobre minha identidade, quando para cá retornasse – explicou Rossela, sorrindo.

– Puxa, como Deus e a Espiritualidade são magníficos! Vou tomar o banho, Rossela, você pode me ajudar, por favor? – pediu Olavo.

A filha concordou prontamente e o auxiliou.

Depois do banho, Olavo sentiu-se revigorado e não teve muita dificuldade para se locomover, porém, sentia ainda um zunido nos ouvidos e certa vertigem.

Rossela garantiu que essas indisposições se espaçariam com o tempo, até desaparecerem por completo.

Trouxe uma sopa reconfortante, um suco de frutas e uma maçã para o pai, observando-o comer com todo o apetite.

Após, Olavo adormeceu, e Rossela retirou-se, pois tinha outros afazeres.

Dois meses depois, Olavo já passeava pelo jardim e fizera novas amizades.

Estava conversando com Juliano, seu instrutor, quando perguntou:

– Quando poderei visitar Matteo e Sveva?

– Quando o momento chegar, você os visitará. Ainda não está forte o suficiente para descer à Terra – explicou Juliano.

– Gostaria de ocupar meu tempo com algo útil – pediu Olavo.

– Acho ótimo, meu amigo. Amanhã, iremos conversar com Augusto, que é o orientador das tarefas dos recém-chegados à Colônia, e você verá com ele qual atividade mais lhe apraz – providenciou Juliano, contente pela disposição do pupilo.

No dia seguinte, após conversar com Augusto, ficou acertado que Olavo trabalharia na recepção do prédio responsável pelos pedidos dos encarnados, vindos da Terra. Eram milhões de pedidos diários e seria muito útil Olavo interagir com aquele departamento naquele momento.

Olavo também se interessou por determinado curso oferecido e, em breve, voltaria a estudar.

A saudade que sentia de Sveva doía no âmago do seu ser, mas, toda vez que pensava nela, sentia paz, sinal de que sua esposa orava sempre por ele e lhe mandava vibrações salutares da Terra.

O dia da sua primeira aula chegou. Olavo estava animado.

Mais de vinte alunos faziam parte da turma, entre idades diferenciadas, tanto homens como mulheres.

Todos se apresentaram uns aos outros e contaram um pouco sobre suas experiências na última encarnação. O instrutor do curso chamava-se Luiz.

O tempo passou célere, e Olavo nem percebeu, despediu-se dos novos colegas e se dirigiu ao prédio responsável pelas petições dos encarnados. Trabalhava ali havia duas semanas e estava apreciando bastante a nova atividade.

Capítulo 26

Sveva e Matteo

A VIDA DE SVEVA prosseguiu.

Dividia seu tempo entre os afazeres domésticos, suas tarefas na escola e no Centro Espírita.

Sentia-se sozinha.

Matteo trabalhava muito e pouco se viam.

Aquela sensação que sentira quando Olavo desencarnara, de dever cumprido, desfizera-se. Suas sensações atuais eram de insatisfação e solidão.

E, se esquecesse de orar e vigiar, correria sério risco de recair nas malhas da obsessão, que tantos transtornos lhe trouxera na pré-adolescência.

Matteo estava preocupado com a mãe e resolveu abrir mão de alguns compromissos de trabalho para estar mais perto dela.

Ela nada dissera sobre seus sentimentos, mas Matteo percebera, pois se colocara no lugar dela e entendera que deveria estar sendo muito complicado para ela, uma pessoa que sempre cuidara de todo mundo, não ter mais de quem cuidar agora.

Ele passou a almoçar e jantar em casa todos os dias, conversavam bastante, e ele a convidava para o cinema, zoológico, parques, restaurantes e percebeu, depois de certo tempo, que sua mãe estava reagindo favoravelmente às suas tentativas de lhe proporcionar maior bem-estar e atenção.

Matteo não se casara ainda, mas estava plenamente inclinado a fazê-lo.

Conhecera uma moça muito bonita em uma de suas palestras, e vinham se conhecendo melhor há algum tempo.

Vânia, era esse seu nome, tinha vinte e oito anos, era psicóloga e fonoaudióloga, espírita, estatura baixa, magra, cabelos loiros e olhos verdes, sorriso fácil e cativante.

Matteo conversou com a mãe sobre Vânia, e esta, mais do que depressa, manifestou desejo de conhecer a moça.

Marcaram um jantar, e, no dia aprazado, a empatia entre Sveva e Vânia foi instantânea, parecia que se conheciam há anos.

As famílias foram apresentadas.

O pai de Vânia era presidente de um Centro Espírita, e sua esposa, responsável pelos cursos ministrados no mesmo Centro, e assunto não lhes faltou.

Vânia tinha um irmão autista e outra irmã que residia nos Estados Unidos.

O pai de Vânia, Jurandir, falou com bastante vivacidade e admiração do seu irmão, Afonso, que não pudera comparecer naquela data.

Afonso passara a ser o foco da conversa porque era médico pediatra e também especializado em doenças tropicais. Vivia mais viajando, tanto para outros Estados quanto para outros países, para praticar a Medicina. Cuidava de crianças pobres e desvalidas.

Viajava muito para a Amazônia, cuidando da população ribeirinha, e atualmente se encontrava na África. Era solteiro, pois sua profissão não atraía muito as mulheres e tinha cinquenta e oito anos anos.

Sveva, sem entender muito bem o fascínio que Afonso houvera exercido sobre sua pessoa, ficou pensativa.

Eulália, mãe de Vânia, foi buscar uma foto de Afonso e mostrou a Sveva...

Esta sentiu que Afonso transmitia força, bondade e confiança no olhar, tinha sorriso tímido e cabelos negros, grisalhos nas têmporas. Demonstrava claramente ser um homem de atitude.

A foto despertou franca admiração em Sveva e pensou que gostaria muito de conhecer Afonso pessoalmente.

Mas nada comentou, e a conversa prosseguiu animada.

Muitos outros encontros entre as duas famílias aconteceram depois disso e firmou-se ali um elo de amizade sincera e de muito respeito entre todos.

Dois anos depois, Matteo e Vânia se casaram e decidiram morar com Sveva para não deixá-la sozinha.

Sveva ainda não conhecera Afonso.

Capítulo 27

Afonso

AFONSO DESEMBARCOU no Aeroporto de São Paulo bastante cansado, pois a viagem, além de longa, sofrera algumas turbulências durante o voo.

Não via a hora de chegar a casa, colocar seus chinelos felpudos e seu roupão preferido, saboreando um bom vinho do Porto.

Morava no bairro da Vila Mariana, num confortável apartamento.

Chamou um táxi e, durante o percurso, foi

observando as luzes da cidade natal, perdido em pensamentos.

Sentia falta de uma mulher amorosa, esperando-o em casa, com um sorriso nos lábios, comida fresca e quentinha, mas, com a profissão que tinha, nenhuma das que conhecera, até então, quisera se aventurar.

Esse assunto incomodava bastante Afonso ultimamente.

Devia estar ficando velho...

Viajava muito, desde que se formara em Medicina, e admitia já estar cansado de não ter pouso certo.

Não tivera filhos, não se casara. É certo que muitas vidas já tinha salvado, o que o realizava plenamente como médico, mas...

Deixou de devaneios, pois chegara a casa enfim.

Tomou um banho demorado, vestiu seu roupão e serviu-se de vinho e queijo, enquanto checava a correspondência que se acumulara, afinal, ficara quatro anos na África, então, daria para montar vários livros com a quantidade de papel espalhado à sua frente.

A maioria era coisa sem importância, pegou o que interessava e descartou o resto no cesto do lixo.

Olhou para o relógio e resolveu telefonar para seu irmão Jurandir, avisando de sua chegada ao Brasil.

– E aí, Jura? – disse Afonso, à guisa de cumprimento.

– Afonso, é você? Que alegria, mano! Está no Brasil? – perguntou Jurandir, esfuziante de felicidade.

– Sim, cheguei há pouco. Como foi o casamento de Vânia? Sinto muito não ter podido comparecer – desculpou-se Afonso.

Jurandir contou-lhe tudo, e também muitas outras novidades.

Elogiou Matteo e Sveva e logo propôs uma reunião familiar para que ele conhecesse a ambos.

Afonso concordou e ficou de visitar o irmão no dia seguinte, quando marcariam a data da reunião.

Despediram-se efusivamente, e Afonso foi dormir.

Capítulo 28

Afonso e Sveva

AFONSO CHEGOU à casa do irmão com presentes para todos.

Conversa vai, conversa vem, Eulália pegou o álbum do casamento da filha e mostrou ao cunhado, explicando quem era quem em cada uma das fotos.

Quando mostrou Sveva e Matteo, não poupou elogios aos dois.

Afonso, ao se deparar com a foto de Sveva, tão elegantemente vestida, teve uma sensação de *déjà vu*... De onde conhecia aquela mulher?

Continuou olhando fixamente para a foto, até que Jurandir pigarreou, chamando a atenção do irmão.

– Algum problema, mano? – perguntou Jurandir, fazendo troça.

– Hein? Não, Juro. Só tive a sensação de já conhecer Sveva de algum lugar. Ela não me é estranha – justificou Afonso, um tanto sem graça.

Eulália deu uma piscadinha cúmplice para seu marido, pois o olhar de Sveva para a foto de Afonso também não lhe escapara, tempos atrás.

– Vocês terão oportunidade de se conhecer em breve... Ou mesmo de se "reencontrarem", cunhado. Para quando marcaremos a reunião? – quis saber Eulália.

A data foi marcada, e a conversa continuou por todo o dia, até altas horas.

Quando Sveva recebeu o convite de Eulália para se reunirem no domingo próximo, pois Afonso houvera regressado da África, sentiu um baque no coração, e suas pernas bambearam de leve.

Rechaçou-se em seguida, pois se sentia ridícula, não se vendo mais como uma mocinha, tinha cinquenta e cinco anos e seria avó em breve, pois Vânia estava no terceiro mês de gestação.

O domingo tão esperado chegou, e a ansiedade de Sveva era visível.

Afonso, por sua vez, estava bastante curioso em relação a Sveva, pois a sensação de já conhecê-la ficava cada vez mais forte em seu íntimo.

Sveva chegou em companhia de Matteo e Vânia, e Afonso já se encontrava lá.

Quando os olhares de Afonso e Sveva se encontraram, a sensação de ambos era a de que o tempo tinha parado.

Jurandir e a esposa observavam a cena entre curiosos e divertidos, e Matteo e Vânia estavam literalmente "boiando" diante da situação.

– Mãe! Você está bem? – perguntou Matteo, preocupado.

– Hã? Sim, claro, filho... Por que não estaria? – respondeu Sveva, ruborizada como uma adolescente.

Eulália pigarreou e apresentou Afonso.

Quando as mãos de ambos se tocaram, parecia que uma fagulha elétrica passara pelo corpo de Afonso.

Pela primeira vez na vida, Afonso viu-se sem palavras, pois não entendia o que estava acontecendo.

Já lera sobre Espiritismo e sobre a sensação de *déjà vu* que muitos sentem em relação a lugares, pessoas ou situações, mas nunca se aprofundara no tema, por pura falta de tempo.

Jurandir serviu refrigerantes e entabulou uma conversa, tentando dissipar as tensões.

Afonso e Sveva trocavam olhares furtivos, até que ela tomou coragem e perguntou sobre a viagem dele à África.

Afonso relaxou, pois, se havia um assunto que dominava, era sua profissão.

Passou a discorrer sobre as experiências valorosas e edificantes que tivera naquele país tão sofrido, e Sveva se encantava cada vez mais.

Parecia que só estavam os dois ali, e, percebendo isso, Jurandir e Eulália se afastaram.

Pouco tempo depois, ambos estavam rindo a valer, como se, realmente, se conhecessem há muito tempo.

— Minha mãe está muito estranha! — reclamou Matteo.

— Por que, amor? — quis saber Vânia.

– Ora, não para de rir, ela e seu tio Afonso, e mal se conhecem!

– O que é isso, Mat? Está com ciúme da sua mãe? – brincou Vânia.

– Eu? Imagine... Só não quero urubus sobrevoando meu lar – disparou Matteo, indócil.

Vânia soltou uma gargalhada e abraçou o marido, deixando aquela conversa para depois, o que o irritou mais ainda.

Capítulo 29

O sonho de Sveva

APÓS AS DESPEDIDAS, Matteo, a esposa e a mãe retornaram ao lar.

Matteo continuava acabrunhado e não quis muita conversa.

Vânia achava a atitude do marido o "fim da picada", mas resolveu que conversaria com ele depois.

Sveva estava nas nuvens, lembrando cada palavra de Afonso.

Que homem inteligente e carismático!

Que diferença de Olavo... mas onde estava com a cabeça?

Amara o marido com sinceridade e respeitava sua memória. Desde sua morte, jamais houvera cogitado de se relacionar com outro homem.

Realmente, ela não estava se comportando como uma quase avó.

Mas, mesmo diante destas conjecturas, deu de ombros e foi dormir, resolvendo que nada apagaria a luminosidade daquela noite em seu coração.

Naquele momento, Olavo sentiu uma pontada no coração, e Sveva lhe veio à mente.

Ele achou estranho, pois até onde sabia estava tudo bem com os seus na Terra.

Resolveu procurar Juliano para pedir esclarecimentos sobre o que estava sentindo.

Juliano vinha ao seu encontro, como se tivesse adivinhado a aflição do pupilo e amigo.

– Juliano, algo aconteceu com Matteo e Sveva? Estou sentindo uma coisa estranha no peito e veio do nada... – disparou Olavo, sem nem cumprimentar Juliano.

– Olavo, não deve se preocupar sem motivos. Está tudo bem, certo? A vida segue seu curso, tanto na Terra quanto aqui, e o tempo não para. Você tem outros afazeres, está em outra dimensão da vida. Deve deixar seus entes queridos seguirem suas vidas e fazerem suas escolhas, andando com as próprias pernas – disse Juliano, tentando acalmá-lo, ao mesmo tempo em que vibrava eflúvios de paz e reequilíbrio em direção aos chacras coronário e cardíaco de Olavo.

Ele se sentiu melhor, mas a resposta de Juliano não o satisfez.

– Podemos ir até lá para que eu veja com meus próprios olhos? – implorou.

– Oportunamente iremos, meu amigo. Confie em mim, na vida e, principalmente, em

Deus. Vim chamá-lo porque preciso da sua ajuda numa tarefa socorrista, em uma casa transitória perto do umbral. Estamos aqui para trabalhar e servir, Olavo.

Olavo fez um muxoxo de desagrado, mas acompanhou Juliano, entendendo que o amigo tinha razão, pois estava sendo egoísta, e o que não faltava eram irmãos necessitando de ajuda sincera e amorosa, ali mesmo.

Enquanto isso, Sveva, a sono solto, sonhava.

Estava num campo verdejante, céu azul e sem nuvens. Um rio cristalino corria ali perto, e peixes multicoloridos saltitavam nas águas ondulantes.

Uma colina apareceu à sua frente, e uma linda casa, estilo europeu, surgiu aos seus olhos.

Sveva entrou pela porta e viu ali um casal reunido à mesa de jantar, com três crianças lindas.

Aquela mulher lhe parecia familiar e o homem também.

De repente, viu-se ao lado dele, ocupando o lugar da mulher. Conversavam carinhosamente, e o ambiente era acolhedor.

Olhando nos olhos dele, subitamente o viu transfigurando-se em Afonso...

Todos ali vestiam roupas de época, eram outros tempos, ela tinha certeza.

Uma escrava veio comunicar a ela que tinha visita.

Ela pediu licença ao marido, sim, ele era seu marido e foi atender quem o procurava.

Uma mocinha linda, de uns quinze anos, estava à porta, chorando desesperadamente e contorcendo as mãos, e, com muita dificuldade, entre um soluço e outro, explicou a ela que precisava de ajuda, pois havia engravidado de um escravo de seu pai e, com certeza, seria morta, se ele viesse a descobrir.

Sveva (ela já havia entendido que aquela mulher era ela mesma) compreendeu que aquela criança não podia nascer. Tinha conhecimento de ervas e poções e sempre procurava ajudar quem lhe procurava em aflição.

Já conseguira curar muitos que lhe batiam à porta e também aliviara a muitas moças que haviam dado um mau passo, de maneira que não complicassem suas vidas com gestações inesperadas e indesejadas.

Convidou a moça para entrar e se dirigiu ao sótão, onde guardava e preparava suas infusões, remédios, ervas e poções.

Pegou uma erva em especial e entregou à moça, explicando como deveria fazer a infusão, inclusive em qual lua seria mais eficaz ingeri-la.

Não aceitou pagamento porque tudo o que fazia relacionado aos seus conhecimentos era para ajudar, de maneira desprendida.

A moça despediu-se, imensamente grata, e foi embora.

– Quem era? – perguntou o homem.

– Era uma moça precisando de remédio para curar uma febre intermitente – explicou Sveva, sem dar maiores explicações, porque ele desconhecia os abortos que ela praticava.

Sveva acordou suando frio e com palpitações.

Que pesadelo horrendo era aquele?

Quer dizer que conhecia mesmo Afonso de outras vidas?

E quanto aos abortos?

Ela jamais seria capaz de atos tão sórdidos!

Só podia ser um pesadelo mesmo.

Tomou um chá calmante, fez uma prece sentida e deitou de novo. Mas havia perdido o sono.

Aquele sonho remoía sua mente como se fosse ferro em brasa.

Será que ela fora capaz de atos tão abomináveis?

Sendo espírita, sabia o suficiente para entender que sim.

Resolveu conversar com a dirigente do Centro Espírita, assim que surgisse a oportunidade.

Capítulo 30

No Centro Espírita

Sveva estava ansiosa para falar com Patrícia, atual dirigente do Centro, sobre o seu sonho de dois dias atrás.

Chamou-a e pediu que lhe desse alguns minutos.

Patrícia a levou a uma sala vazia e fez com que ela ficasse à vontade.

Sveva contou o sonho e, ao terminar, estava em prantos.

Patrícia ofereceu um copo de água fluidificada e disse:

– Minha amiga, sabe muito bem que vivemos muitas vidas e, com certeza, não fomos "flor que se cheirasse" em muitas delas. O passado, enquanto não for resolvido e resgatado, sempre voltará a nos assombrar, seja da forma que for. Jesus dizia que não subiríamos ao reino dos Céus enquanto não tivéssemos pagado nosso último ceitil. Com certeza, o que teve foi a lembrança de uma encarnação passada e, por ser remota, já deve estar sendo resgatada há muito tempo, portanto a culpa é péssima conselheira neste momento e não cabe no contexto. Se Deus permitiu que você se lembrasse, foi para ajudá-la, jamais para prejudicá-la, mas claro que isso dependerá da maneira como você encarará o fato. Esse homem que você conheceu aparentemente está em sua vida de novo, é um reencontro do passado, portanto, se não o valorizou naquela época, está tendo a chance de fazê-lo agora. Esse é o ensinamento do sonho, no meu entender, Sveva. Quanto aos dons que tinha de cura, com certeza fez mau uso deles, mas, nesta encarnação atual, está resgatando porque, até onde sei sobre sua história de vida, sempre foi uma boa médium e trabalhadora desta casa. Passou por diversas provações e venceu todas, com galhardia e coragem. É claro que não virou santa, mas resgatou muita coisa, além do mais, todos nós estamos bem longe da santidade e da perfeição ainda. Sabemos que os médiuns são os que mais devem à Providência Divina e, diante disso, é natural termos errado muito no passado, e provações não nos faltarão por muitas encarnações vindouras. Agora, enxugue suas lágrimas, lave o rosto e sorria. Que atire a primeira pedra quem nunca errou. Vamos trabalhar? Nossos irmãozinhos enfermos precisam de nós, pois, ao contrário da gente, que já adquiriu certo conhecimento espiritual, eles ainda não, e sofrem muito, como bem sabemos.

Sveva abraçou Patrícia, muito agradecida, sentindo-se muito melhor.

Capítulo 31

Os encontros continuam

AFONSO TELEFONAVA sempre para Sveva, e eles passaram a se encontrar frequentemente, estreitando cada vez mais os laços que já os uniam.

Quem não estava gostando nada disso era Matteo.

Vânia defendia a sogra, e as discussões entre eles só não eram mais estressantes porque Matteo respeitava o estado de gestação da esposa.

Descobriram, pela ultrassonografia, que

teriam filhos gêmeos, e o fato foi comemorado por toda a família.

Ela estava no sétimo mês de gravidez e ainda não sabiam o sexo dos bebês, porém os nomes já estavam escolhidos: Filipe e Sorella, Filipe e Mark ou ainda Sorella e Annabela.

O dia do parto chegou, e vieram ao mundo Filipe e Sorella.

Em contrapartida, no plano espiritual, Olavo estava cada vez mais cismado e inquieto. Essa inquietação se devia a Sveva, mas ele não sabia defini-la.

Pediu repetidas vezes a Juliano que fossem até a Terra para ver como as coisas estavam, mas Juliano adiava a visita interminantemente, mesmo porque, trabalho não faltava ali, e o socorro aos necessitados viria sempre em primeiro lugar.

Deixando Olavo em frente ao prédio do Departamento de Petições, onde ele trabalhava, dirigiu-se ao encontro do mentor de Olavo, que este nem conhecia ainda.

– Boa tarde, Gustavo – cumprimentou Juliano.

– Boa tarde, que a Paz do Mestre Jesus esteja contigo – respondeu Gustavo, abraçando o amigo.

– Gustavo, estou deveras preocupado com Olavo. Ele já sentiu que há algo diferente nas vibrações e sintonia de Sveva para com ele – informou Juliano.

– Sim, já sei como está o estado de espírito do nosso amigo. Porém, questiono se ele já está preparado para saber que Sveva está se relacionando com Afonso, sua alma afim de muitas vidas – ponderou Gustavo.

– E como devo agir? Ele insiste comigo em ir até o lar terreno, e tenho conseguido evitar, mas não sei até quando – justificou Juliano.

– Bem, não podemos adiar indefinidamente. Olavo terá de encarar os fatos e crescer com toda essa experiência – disse Gustavo, resoluto.

– Então, devo concordar e acompanhá-lo? – quis saber Juliano.

– Sim. Acompanhe Olavo e fique de sobreaviso. Se ele tiver algum tipo de recaída, traga-o de volta imediatamente e deixe-o digerir os acontecimentos com calma, bem longe da família terrena. Iremos conversando com ele e tentando fazer com que veja que quem ama de verdade liberta, jamais aprisiona – orientou Gustavo.

– Mas tenho permissão para contar a ele sobre a afinidade existente entre Sveva e Afonso? – perquiriu Juliano.

– Até certo ponto, tem permissão, mas Olavo não precisa saber, por exemplo, dos erros cometidos por Sveva em relação à prática de abortos e seus desmandos pretéritos. Se ele souber, talvez isso faça decair o alto conceito que ele tem de Sveva. Lembre-se de que Olavo foi uma das crianças abortadas por diversas vezes, através dos conhecimentos dela, que usou para o mal. Nós nada somos para apontar as falhas alheias. Preserve Sveva e só conte o estritamente necessário para facilitar o entendimento de Olavo – aconselhou Gustavo.

Conversaram mais um pouco e despediram-se, fraternalmente.

Capítulo 32

A descoberta de Olavo

JULIANO, UMA SEMANA depois, concordou, enfim, em acompanhar Olavo ao plano material.

Olavo ficou aliviado, porque estava encafifado com algo que nem ele mesmo sabia definir.

Nesse ínterim, Sveva almoçava com Afonso, Vânia e Matteo, em sua casa, e a conversa seguia meio estranha, mas de forma polida, já que Matteo tinha prevenção contra Afonso, e o almoço estava justamente acontecendo, com o objetivo de quebrar o gelo entre eles.

Olavo chegou com Juliano e estranhou a presença de outro homem à mesa.

– Quem é esse homem, Juliano? – Olavo quis logo saber.

– É um velho amigo de Sveva – respondeu Juliano.

– Que amigo? Eu conheço todos os amigos de Sveva e saberia se este fizesse parte da lista, mas não me lembro dele – retrucou Olavo, sentindo certa apreensão, misturada com uma ponta de rancor.

– Velho amigo de outras vidas. Eles se reencontraram depois de algumas encarnações em que estiveram separados por motivos aleatórios à vontade deles – explicou Juliano, orando e, ao mesmo tempo, tentando contato telepático com Gustavo, só para ter um alicerce, se precisasse.

Olavo ficou pensativo e silenciou, observando o comportamento de cada um à mesa.

– Pois é, Matteo – ia dizendo Afonso –, aproveito a oportunidade para declarar mais uma vez que minhas intenções com sua mãe são sérias e íntegras.

– Sim, meu filho. Não estamos mais em idade de ter aventuras inconsequentes, e você há de convir que tenho o direito de refazer minha vida – complementou Sveva, segurando a mão de Matteo.

– Acho que não entendi bem, Juliano. Esse homem está dizendo que deseja ter um relacionamento com minha esposa, e ela está de acordo? É isso mesmo? – perguntou Olavo, pálido.

– Olavo, ela FOI sua esposa nesta última encarnação, mas vivemos várias vidas, e nossa família espiritual é imensa. Temos várias outras almas afins e podemos nos casar com pessoas diferentes a cada encarnação. Ninguém pertence a ninguém. Estamos aqui para sublimar o sentimento de amor, desatrelar, dessa palavra, outras que nada têm a ver com seu verdadeiro significado: posse, ciúme, paixão, resgate, egoísmo... Quando amamos de verdade, somos capazes de libertar, de nos desapegarmos de quem amamos, sem qualquer sentimento inferior. Fazemos com alegria, pois quem ama de verdade deseja a felicidade do outro acima da sua própria – explicou Juliano, ao mesmo tempo em que espargia luzes coloridas em direção ao chacra cardíaco de Olavo.

Olavo fechou os punhos, seu olhar perdeu o brilho, e um rictus de dor marcou seus lábios.

– Eu pensei que ela me amasse – lamentou, deixando as lágrimas rolarem livremente.

– Ah, mas ela o ama. Reveja o casamento de vocês e me responda: quem esteve ao seu lado em todos os momentos ruins? Quem sempre o apoiou para que se libertasse do alcoolismo? Quem sempre o esperava com gestos de carinho e cuidados maternos todas as noites ou dias, depois de você voltar do trabalho ou do bar, sempre bêbado? Quem deu exemplos de moral e honestidade a Matteo e Rossela, enquanto você dormia ou se embriagava? Sejamos justos e honestos: Sveva foi para você uma maravilhosa esposa, amiga e companheira – enfatizou Juliano.

– Puxa, precisava falar assim? Sei que não fui santo, nem sou agora, mas sempre amei minha família – choramingou Olavo, magoado com as palavras de Juliano.

– Tudo o que digo é para o seu bem. Eu só disse a verdade, e você sabe disso – afirmou Juliano.

Olavo se aquietou, e as lágrimas continuavam escorrendo em profusão.

– Mãe, sei que você tem o direito de refazer sua vida, mas, como espírita, fico pensando no que papai vai achar disso – questionou Matteo, dando prosseguimento à conversa.

– Filho, seu pai já deve ter aprendido algumas coisas na Espiritualidade, e, independentemente disso, creio e espero que saiba o suficiente sobre a vida e a morte para entender que quem ama não aprisiona a pessoa amada. Tenho a consciência tranquila, pois fui boa esposa e sempre estive ao lado dele. Sempre lhe fui fiel e leal, e, decididamente, seu pai nada tem a dizer contra a minha integridade de caráter – defendeu Sveva.

Olavo ouviu aquilo, baixou a cabeça, colocou as mãos nos bolsos e pediu a Juliano que retornassem à Colônia, pois ele já havia visto e ouvido o suficiente ali.

Juliano aquiesceu e volitaram, observando o céu azul, cada um perdido em seus próprios pensamentos.

Capítulo 33

O amor ultrapassando barreiras

A VIDA SEGUIU seu curso.

Olavo passou por altos e baixos emocionais, mas Juliano, Gustavo e Rossela não permitiram que ele deixasse a peteca cair.

O que fez com que Olavo aceitasse, em definitivo, os fatos, foi uma palestra que o Dr. Bezerra de Menezes proferiu na Colônia e também uma conversa que o venerável amigo teve com ele, cujo assunto nunca foi revelado por ele. O que todos perceberam claramente foi que, após a palestra e a conversa, Olavo mudou, voltou a sorrir e demonstrou o prazer em servir. Foi como se ele houvesse descoberto a si mesmo, tivesse crescido de alguma forma, amadurecido.

Sveva e Afonso estavam decididos a se casar, agora já com a anuência de Matteo, não fosse um imprevisto, que seria uma prova da fortaleza e da sinceridade do amor que os unia.

Afonso recebera um convite para residir três anos no Haiti, a serviço, e ele não sabia como dizer isso a Sveva.

Eles já haviam conversado e decidido que Afonso abriria um consultório ou trabalharia com Matteo no consultório dele, deixando de viajar, pois desejava pouso certo e estava cansado de tantas viagens.

Criou coragem, convidou Sveva para jantar em seu apartamento, com o intuito de participar a ela o convite profissional que recebera e que não tinha como recusar. Seus superiores disseram que, após a concretização daquele trabalho, estaria dispensado da medicina itinerante que praticara por mais de trinta anos.

Ele preparou um belo jantar: canelone ao forno, frango ao molho pardo, vinho para acompanhar e, como sobremesa, um bolo de chocolate com amêndoas.

Estava quase certo de que perderia Sveva, pois ela não aceitaria esperá-lo por três anos.

Sveva chegou no horário marcado e admirou a decoração da mesa e a predisposição dos pratos e do vinho. Estavam na penumbra, um castiçal de cristal continha duas velas com suas chamas tremulando e criando sombras nas paredes, flores enfeitavam a sala, enfim, parecia um sonho.

Música suave inundava o ambiente, e Afonso a tirou para dançar.

Tomaram vinho, jantaram. Tudo perfeito, não fosse o olhar distante e melancólico de Afonso.

– O que está acontecendo, Afonso? A noite foi perfeita até agora, mas sinto que você está triste, cabisbaixo, parece que deseja me dizer algo e não sabe como fazê-lo... – perguntou Sveva, temerosa do que poderia ouvir.

– Sim, minha querida. Preciso lhe dizer algo, e meu coração sangra por causa disso... – respondeu Afonso, com a voz entrecortada pela emoção.

– Seja o que for, diga. Eu vou aguentar, e vamos resolver isso juntos – garantiu Sveva, segurando com carinho as mãos dele.

Afonso respirou fundo e contou a ela sobre a proposta de trabalho que recebera.

Ficou expectante da reação da companheira, mas deixou que ela respondesse no momento que desejasse.

O silêncio imperou por alguns minutos, e Afonso percebeu que os olhos de Sveva estavam marejados e seus lábios tremiam levemente.

– Afonso, porventura está terminando nosso relacionamento? – pressionou Sveva, tentando se controlar.

– Eu não queria fazer isso, meu amor, mas não acho justo lhe pedir para me esperar por três anos até que possamos nos casar e levar adiante todos os planos que fizemos juntos – justificou Afonso, com o coração opresso.

– Não acha que essa decisão é minha? – indignou-se Sveva, levando a mão ao peito.

– O que quer dizer? Que vai me esperar? – perguntou Afonso, sentindo a esperança renascer.

– Não – afirmou categoricamente Sveva.

– Entendo... – Afonso soltou as mãos dela, levantou-se, virando o rosto para que ela não visse suas lágrimas escorrendo. – Entendo mesmo, Sveva – acrescentou.

– Entende? – quis saber ela, com um sorriso misterioso.

– O que quer dizer, afinal? – impacientou-
-se Afonso, querendo definir as coisas.

Ela se levantou, deu a volta na mesa, abraçou Afonso pelo pescoço e disse em seu ouvido:

– Eu irei com você para o Haiti – anunciou triunfante.

– Como?! – perguntou Afonso, estupefato.

– Isso mesmo. Irei com você, se quiser e
me amar mesmo, é claro – disse Sveva, testan-
do-o.

– Mas não posso levá-la. Como vou pro-
meter conforto e vida estável nas condições de
trabalho que terei? Eu adoraria que você me
acompanhasse, mas não tenho o direito de sa-
crificá-la assim, amor – desculpou-se Afonso.

– Afonso, sacrifícios e desafios não falta-
ram em minha vida, e venci todos. Depois, são
apenas três anos, passam rápido e, quando vol-
tarmos, prosseguiremos com nossos planos –
insistiu ela, determinada a convencê-lo.

– Você tem certeza de que é isso mesmo que deseja? – perguntou Afonso, querendo garantia de que não haveria arrependimento futuro.

– Sim, tenho – garantiu ela.

– Então, que tal nos casarmos antes de ir? – propôs Afonso, extremamente feliz.

– Sim, sim, sim – acatou Sveva, rodopiando sobre si mesma.

Afonso entregou a ela uma caixinha de veludo e disse:

– Este é meu presente para você, para selarmos nosso elo de amor, companheirismo e respeito, hoje e sempre.

Ela abriu a caixinha e um lindo anel de pérola negra reluziu, com pequeninos diamantes ao seu redor.

Sveva se emocionou e emudeceu.

Afonso colocou o anel no dedo dela e selou a noite com um beijo cálido.

O amor transcende as barreiras do tempo e do espaço, e aquele reencontro de almas foi permitido por Deus, diante do merecimento de ambos. Haviam ficado separados por mais de quatro séculos devido às quedas alternadas de um e do outro, mas o amor sempre vence.

A lua cheia e o céu estrelado eram as testemunhas das lutas árduas pelas quais Sveva passara por muitas vidas, e, do Além, Olavo observava o casal abraçado na varanda.

Espalmando as mãos em direção ao chacra cardíaco de cada um, abençoou aquela união com um sorriso nos lábios e um brilho de alegria no olhar. Sentia-se livre, leve e extremamente motivado para recomeçar.

FIM

Leia Também

Um Coração, Uma Esperança

SELMA BRAGA *pelo Espírito Mariah*

PENÍNSULA ITÁLICA, SÉCULO XVII.

A história de muitas vidas. Uma bela e inocente jovem apaixonada é levada pela sedução de um homem ganancioso, capaz de cometer os maiores pecados para satisfazer seus desejos de fortuna e poder. A sublime construção de uma família sob o signo do amor e destinada a passar por muita angústia e sofrimentos. Provações, enigmas e a constante sombra de outros tempos. O desenrolar de uma surpreendente trama, tão incrível e profunda, a envolver o passado e o presente para o alinhamento de um futuro de esperança de dias melhores.

O resgate de uma família.

ISBN: 978-85-7341-622-0 | Romance | Formato: 14 x 21 cm

No ano de 1963, Francisco Cândido Xavier ofereceu, a um grupo de voluntários, o entusiasmo e a tarefa de fundarem um Anuário Espírita. Nascia, então, o Instituto de Difusão Espírita - IDE, cujo nome e sigla foram também sugeridos por ele.

A partir daí, muitos títulos foram sendo editados, e o Instituto de Difusão Espírita, entidade assistencial sem fins lucrativos, mantém-se fiel à sua finalidade de divulgar a Doutrina Espírita através da IDE Editora, tendo como foco principal as Obras Básicas da Codificação, sempre a preços populares, além dos seus mais de 300 títulos em português e espanhol, muitos psicografados por Chico Xavier.

O Instituto de Difusão Espírita conta também com outras frentes de trabalho, voltadas à assistência e promoção social, como albergue noturno, acolhimento de migrantes, itinerantes, pessoas em situação de rua, acolhimento e fortalecimento de vínculos para mães e crianças, oficinas de gestantes, confecção de enxovais para recém-nascidos, fraldas descartáveis infantis e geriátricas, assistência à saúde e auxílio com cestas básicas, leite em pó, leite longa vida, para as famílias em situação de vulnerabilidade social, além dos trabalhos de evangelização infantil, mocidade espírita, artes (teatro, música, dança, artes plásticas e literatura), cursos doutrinários e passes.

Este e outros livros da **IDE Editora** subsidiam a manutenção do baixíssimo preço das **Obras Básicas, de Allan Kardec,** mais notadamente, "**O Evangelho Segundo o Espiritismo**", edição econômica.

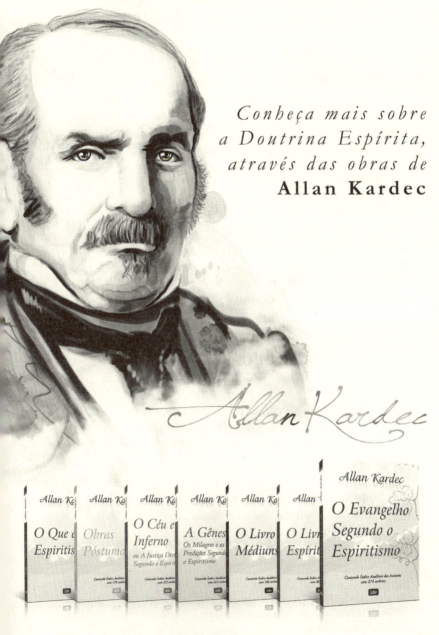

ideeditora.com.br

✳

Acesse e cadastre-se para receber
informações sobre nossos lançamentos.

twitter.com/ideeditora
facebook.com/ide.editora
editorial@ideeditora.com.br

ide

IDE EDITORA É APENAS UM NOME FANTASIA UTILIZADO PELO INSTITUTO DE DIFUSÃO ESPÍRITA, ENTIDADE SEM FINS LUCRATIVOS, QUE PROMOVE EXTENSO PROGRAMA DE ASSISTÊNCIA SOCIAL, E QUE DETÉM OS DIREITOS AUTORAIS DESTA OBRA.